ENDOSSOS A *PREGOS BEM FIXADOS*

NUNCA ENTENDI COMO o pregador expositivo que se submerge no texto bíblico pode pregar um sermão maçante. Mas me dei conta de que são tantos os que pregam assim, que a pregação expositiva ganhou má reputação em alguns círculos. Não é de admirar. Pregação seca e sem amor, bem como jargão obscuro e técnico têm arruinado inúmeros sermões expositivos. Só que as coisas não precisam ser assim. Na verdade, como Byron Yawn salienta tão incisivamente neste livro, a boa pregação expositiva nunca deve ser seca ou meramente acadêmica. O dever do fiel pregador expositivo implica muito mais do que sã exegese e esboços simétricos. A entrega do sermão é crucial. Concentrando a atenção, especialmente em qualidades como clareza, simplicidade e amor, Byron fala com a mais abalizada propriedade. Todo pregador que quer ser eficaz na pregação expositiva deve ler este livro e levá-lo a sério.

– DR. JOHN F. MACARTHUR
Pastor-professor, Grace Community Church
Reitor, The Master's College and Seminary

EM NOSSA ÉPOCA DE CELEBRIDADE, pregadores comuns tendem a pensar que é o estilo que, no fim das contas, determina se a pregação é boa ou não. Byron Yawn fornece um corretivo necessário e útil, mostrando que o que torna a pregação boa são três qualidades: clareza, simplicidade e amor. Os pregadores que ele entrevistou estão, indubitavelmente, entre os grandes nomes de nossos dias. Já o que os torna excelentes pregadores são estas três qualidades que toda boa pregação deve ter, e que a sua e a minha pregação podem ter. Pregadores experientes bem como iniciantes se beneficiarão muito com o que ficar devidamente claro a respeito do que mais importa na pregação, e *Pregos bem Fixados* será de grande ajuda para nos colocar na direção certa.

– DR. BRUCE A. WARE
Professor de Teologia Cristã, The Southern Baptist Theological Seminary
Louisville, Kentucky

POR MEIO DE ENTREVISTAS feitas com três dos mais notáveis pregadores americanos do século XXI, nas áreas de seus respectivos talentos, quais sejam, o Dr. John MacArthur, no talento da clareza, o Dr. R. C. Sproul, no talento da simplicidade, e o Dr. John Piper, no talento da sinceridade, este livro fascinante é o estimulante que ajuda todo pregador ungido pelo Espírito a ir além da mediocridade aventada em seminários para encontrar a libertação na exegese, a liberdade no púlpito e, acima de tudo, a descoberta de seu próprio estilo na exposição fiel da Palavra de Deus a tempo e fora de tempo. Se você quer crescer em autenticidade no púlpito e livrar-se de ser um clone na pregação, leia este livro empolgante, lentamente e com oração. Você não vai se arrepender.

– DR. JOEL R. BEEKE

Reitor, Puritan Reformed Theological Seminary, Grand Rapids, Michigan

COMO É MARAVILHOSAMENTE REFRESCANTE ler o desafio que Byron impôs a pastores, professores e pregadores: "descobrir o seu estilo de pregação" para proclamar o evangelho e as verdades da Palavra de Deus. Sua ênfase na clareza, simplicidade e amor é certeira. No entanto, isso não é apenas para formados em seminários. É para líderes e leigos eclesiásticos... para todos nós que seguimos a Cristo. Todos aprendemos a estar sempre preparados para explicar a razão da esperança que há em nós. E hoje, mais do que nunca, precisamos de homens, mulheres e jovens que resgatem nossa responsabilidade de conhecer as Escrituras, entender o que Deus está dizendo, descobrir nossa "voz" e falar inteligentemente com acurácia bíblica e relevância cultural aos nossos amigos e vizinhos e, também, nas ruas.

– BILL ANDERSON

Mentor & Consultor Executivo para CEOs

Ex-presidente, Christian Booksellers Association, Colorado Springs, Colorado

SURPRESAS "PREVISÍVEIS" NÃO DEVERIAM NOS SURPREENDER de forma alguma, mas nos surpreendem. Foi o que aconteceu quando Byron Yawn uniu milhares de pregadores que sentem que a fonte secou e que precisam descobrir o porquê. A busca se concentra em como fazer a exegese bíblica, como fazer a pregação, como fazer as ilustrações, como fazer quase tudo, apenas para descobrir que a excelência na pregação começa com o pregador. A excelência é uma questão intrínseca mais do que um processo. Este livro é excelente, não só para pregadores que esmeram-se em conquistar a excelência na pregação, mas também para todos os ouvintes que procuram a excelência para ouvi-las. Isso inclui a todos nós, não é mesmo?

– DR.V. GILBERT BEERS, PHD, THD
Ex-presidente, Scriptures Press Ministries
Ex-editor, Christianity Today
Autor de mais de 150 best-sellers
Formado, Northwestern University e Northern Baptist Theological Seminary

ESTE É UM LIVRO DE LEITURA OBRIGATÓRIA PARA TODO PREGADOR que quer encontrar sua própria voz individual e desenvolver seu próprio estilo pessoal no púlpito. Cada pregador é um instrumento singular, excepcionalmente dotado por Deus para proclamar sua glória. Este livro orientará você para que seja esse pregador.

– DR. STEVEN LAWSON
Pastor Titular, Christ Fellowship Baptist Church, Mobile, Alabama
Formado, Texas Tech University, Dallas Theological Seminary e Reformed Theological Seminary

COMO PASTOR E LÍDER, Byron é eficaz em transmitir confiança na verdade sem ser demasiadamente severo. Desde que o conheci, tem servido sacrificialmente minha jovem família e sido transparente como pastor e amigo. Nesta baixa temporada, sua pregação transformada me pôs em chamas pelo evangelho. Ler este livro me deixa extremamente animado para encontrar minha própria voz em Cristo a fim de, com determinação, cuidar de minha família durante todas as semanas!

– BEN ZOBRIST
Tampa Bay Rays Super Utility Player
Formado, Dallas Baptist University
Membro, Bible Church Community, Nashville, Tennessee
www.cbcnashville.org

TODO DOMINGO, MEU PASTOR ABRE A BÍBLIA e, colocando-se diante do espetáculo da gloriosa graça de Deus ali apresentada, diz:

"Prestem atenção!". A pregação de Byron é liderança, simplesmente pelo fato de não ser apenas uma exposição da Bíblia, mas uma exposição de sua alma apanhada pelos laços da cruz. Este livro é a mesma coisa. Trata-se de um autoexame transparente que mostrará ao pregador frustrado como descobrir sua voz para, então, conduzir sua congregação.

– DOUG SEARLE

Ancião, Community Bible Church, Nashville, Tennessee
Formado, University of Washington, Seattle, Washington
Th.M., Dallas Theological Seminary, Dallas, Texas
www.cbcnashville.org

POUCOS PODEM FAZER AS PERGUNTAS CERTAS do modo em que Byron fez. Ele não só nos ajuda a saber o que perguntar sobre as questões da pregação, como também nos leva a respostas que atingem o alvo do ofício, pois são derivadas de sua experiência. *Pregos bem Fixados* é um grande presente do Senhor Jesus através de seu servo Byron Yawn. Pegue e leia.

– PATRICK ABENDROTH

Pastor Titular, Omaha Bible Church, Omaha, Nebrasca
Formado, University of Nebraska, Lincoln e Master's Seminary
www.omahabiblechurch.org/north

Pregos *bem* Fixados

Pregos *bem* Fixados

Descubra seu estilo de pregação com John Piper, John MacArthur e R. C. Sproul

BYRON FORREST YAWN

Traduzido por Luís Aron de Macedo

2ª impressão

CPAD
Rio de Janeiro
2015

Título do original em inglês: *Well-Driven Nails*
Ambassador International, Greenville, SC, EUA
Primeira edição em inglês: 2010
Tradução: Luís Aron de Macedo

Preparação dos originais: Miquéias Nascimento
Capa: Flamir Ambrósio
Editoração e projeto gráfico: Elisangela Santos

CDD: 251 - Homilética
ISBN: 978-85-263-1253-1

As citações bíblicas foram extraídas da versão Almeida Revista e Corrigida, edição de 1995, da Sociedade Bíblica do Brasil, salvo indicação em contrário.

Para maiores informações sobre livros, revistas, periódicos e os últimos lançamentos da CPAD, visite nosso site: http://www.cpad.com.br.

SAC – Serviço de Atendimento ao Cliente: 0800-021-7373

Casa Publicadora das Assembleias de Deus
Av. Brasil, 34.401 – Bangu – Rio de Janeiro – RJ
CEP 21.852-002

2ª impressão: 2015 - Tiragem: 1.000

PARA MINHA ESPOSA ROBIN

A única mulher que já amei

E, quanto mais sábio foi o Pregador, tanto mais sabedoria ao povo ensinou; e atentou, e esquadrinhou, e compôs muitos provérbios. Procurou o Pregador achar palavras agradáveis; e o escrito é a retidão, palavras de verdade. As palavras dos sábios são como aguilhões e como ***pregos bem fixados*** *pelos mestres das congregações, que nos foram dadas pelo único Pastor.*

ECLESIASTES 12.9-11 *(grifos em negrito meus)*

Sumário

INTRODUÇÃO
Explicações: Onde tudo Começou 13

CAPÍTULO UM
Autenticidade e a Liberdade de Descobrir o seu Estilo 23

CAPÍTULO DOIS
Clareza e o Poder da Descoberta 51

JOHN F. MACARTHUR
O mais Extraordinário Pregador Expositivo Inteligente que Conheço 59

CAPÍTULO TRÊS
Profundidade e o Impactante Efeito de Deus 73

R. C. SPROUL
Um Homem Fluente em Latim e na Linguagem do Povo 87

CAPÍTULO QUATRO
Amor e o Entusiasta Guiando outro Entusiasta 107

JOHN PIPER
Singularmente Comprometido com o "Tanto como" 115

CONCLUSÃO 131

BIBLIOGRAFIA 133

Introdução

Explicações: Onde tudo Começou

Como diz o ditado: "Se o ministério não estiver indo bem, continue estudando". No meu caso, o ministério estava indo muitíssimo bem. Meu problema era o momento de pregar. Dez anos de experiência em exposição bíblica consecutiva me prendeu em uma rotina, que era muito difícil de explicar, tanto quanto de sair. Com o propósito de mudar as coisas drasticamente e aprimorar minhas habilidades como pregador expositivo, matriculei-me em um curso acadêmico teológico que focava a *Pregação Expositiva*. Propus-me a enfrentar o que logo descobri ser uma luta comum para muitos expositores bíblicos – *a entrega da mensagem.*

Muitos dos meus colegas estudantes e eu compartilhávamos uma frustração mútua, qual seja, nossa pregação não tinha uma fé dinâmica. Em maior ou menor intensidade, cada um de nós precisava de vida em nossa pregação. Era o principal motivo de estarmos estudando. Foi reconfortante encontrar outras pessoas em estágio ministerial similar com uma necessidade semelhante: um avanço na pregação e entrega da mensagem. Foi uma sessão de dois anos para nos convencer de que não estávamos "loucos". Era um grupo de apoio para pregadores.

– Olá, meu nome é Byron, e estou chateado.

Lá estávamos nós, lembrando-nos da glória da pregação, ressuscitando nossas habilidades linguísticas e procurando, desesperadamente, rejuvenescer nossa entrega da mensagem. O elefante na sala estava sempre presente e era difícil de ignorar.

Por que aqueles que se dedicam à exegese bíblica e à pregação expositiva têm dificuldades em pregar? Será necessária que a pregação expositiva seja previsível, mecânica, cabeça e maçante? Como vencer a dificuldade sem comprometer a autoridade bíblica, embarcar no trem da mais recente tendência ou parecer técnicos da vida santificada? Onde está o equilíbrio entre a exegese e a entrega? Este era o nó da questão que tínhamos de desatar. Até mesmo a faculdade reconhecia a dificuldade de ensinar eficazmente a relação entre erudição e dinâmica. Pessoalmente, lutava para sair do que eu descrevia como *ensino expositivo* para entrar na *pregação expositiva*. Esta tornou-se minha busca pessoal.

A ideia de entrevistar pregadores ocorreu-me no segundo ano dos meus trabalhos em classe durante uma aula específica. O palestrante para os dois dias de seminário sobre narrativa, um professor adjunto, era um conhecido pastor e escritor sobre o assunto e tinha quase vinte e cinco anos de experiência em pregação.[1] No primeiro dia, cumpriu rigorosamente seu plano de aula como se fosse uma máquina. Tudo era informação útil; ainda me lembro de algumas. No segundo dia, tive a melhor palestra do curso inteiro. Ele Deixou de lado suas anotações e falou diretamente com a gente. Lidou com pergunta após pergunta. Suas respostas combinavam autoridade bíblica com sabedoria prática. Não eram teóricas, mas práticas.

Foi quando me ocorreu: *E se eu me sentasse com todos os pregadores que mais admiro e fizesse a mesma coisa? Refiro-me aos pregadores que acharam o equilíbrio em sua própria pregação. E se eu detalhasse as qualidades nas áreas em que mais preciso melhorar, encontrasse os pregadores expositivos que melhor as exemplificasse e me servisse de suas ideias?*

Foi o que fiz.

Escolhi três áreas específicas que sabia que estavam na raiz do problema: *clareza*, *simplicidade* e *amor*. Em seguida, procurei pregadores que melhor representassem essas características particulares. Durante a fase investigativa do projeto, interagi com ampla seleção de pregadores de todos os tipos de contextos. Igrejas grandes e pequenas. Muita e limitada experiência. Quando chegou a hora de escrever, concentrei-me em três pregadores específicos e bem conhecidos, em torno dos quais eu

---

[1] Michael Fabarez, *Preaching That Changes Lives* (Nashville: Thomas Nelson, 2002).

desenvolveria os argumentos básicos. John MacArthur para a *clareza*. R.C. Sproul para a *simplicidade*. John Piper para o *amor*.

Lançando-me em campo, eu sabia que a solução para o meu problema não era um simples ajuste na mecânica. Não era meu interesse concentrar-me nos aspectos da pregação que estavam prontamente disponíveis em muitos trabalhos sobre homilética. O que eu procurava não estava em um livro ou em um curso sobre o assunto. O desafio era muito mais sério do que um índice. Além disso, não desejava entregar minha pregação a toda prolixidade da "relevância" e aplicação imediata, porque discordo totalmente dessa perspectiva. Minha necessidade não era de um Power Point melhor ou de gráficos melhorados. Não estava procurando simplificar minha pregação tanto quanto estava procurando elevar Deus na mente das pessoas através do que prego.

> *E se eu me sentasse com todos os pregadores que mais admiro [...], pregadores que acharam o equilíbrio em sua própria pregação?*

Quando procuramos melhorar nossa pregação, a tendência é nos concentrar na mecânica. É muito raro que isso se torne útil. Na certa não vai muito longe. Técnicas diversificadas podem resolver peculiaridades na entrega da mensagem, mas não ocasionarão a dinâmica honesta que desejamos. Há tanta coisa que alguém pode nos dizer para *não* fazer. As coisas que realmente melhoram a entrega da mensagem têm pouco a ver com a mecânica. Têm a ver com o coração, a alma e a mente do pregador.

Alguns dos pregadores de nossa preferência têm mecânica pouco eficiente, de acordo com os padrões que vemos nos livros didáticos. Os pregadores mais envolventes têm o maior número de peculiaridades mecânicas. No entanto, essas peculiaridades fazem sentido. A entrega da mensagem é mais uma manifestação de que eles são como indivíduos e seguidores de Cristo. O que assistimos é o impacto da descoberta sincera em suas vidas. Essa percepção encontra-se no cerne deste livro. Fundamentalmente, não importa com que (ou com quem) você "pareça", enquanto você (seja bíblico e) pareça como deva ser.

Para quem sabe do que estou falando, a lógica que cerca as três características (clareza, simplicidade e amor) é algo como a do *Karatê Kid*:

"Encerar! Polir!". Escolhi concentrar-me nas questões que precedem e jazem sob as técnicas. Como em tudo o que fazemos, as coisas que verdadeiramente agradam a Deus começam com a sinceridade no homem interior. Clareza, simplicidade e amor são qualidades intrínsecas, não mecânicas. Concentrar-se nas realidades internas deflagrará a melhora natural da entrega da mensagem. Mais exatamente, libertará você na entrega da mensagem.

A *clareza* é o ponto de partida para a dinâmica na entrega da mensagem, não o ensaio e a estrutura. O entendimento iluminado pelo Espírito e a clareza do texto libertam a entrega, fazendo-a depender da convicção e não da estrutura. Essa, que é essencial, resulta e serve a clareza. O melhor exemplo disso é o Dr. John F. MacArthur.

A clareza leva à *simplicidade*. Em certo nível profundo, entender um texto ou conceito bíblico nos oferece a oportunidade de apresentar conceitos difíceis para ampla gama de intelectos e aplicar esse texto ou conceito bíblico ao contexto ilimitado. No entanto, a profundidade da compreensão só é útil na medida em que podemos explicá-lo de maneira simples e universalmente compreensível. Esta é a área exata em que muitos pregadores expositivos passam apuros. Temos dificuldade em entender. O quanto você entende algo é medido pelo quanto você o explica aos outros. Tudo diz respeito à simplificação. O que precisamos é da "*compreensibilidade*". O melhor exemplo deste princípio é o Dr. R. C. Sproul.

Por fim, chegamos ao *amor*, que é qualidade um pouco fugidia para os pregadores expositivos. Sair da erudição necessária para entender uma verdade e chegar a uma disposição concomitante com essa verdade são tarefas penosas para a maioria de nós. "Sentir" não é uma palavra com a qual nos sentimos confortáveis em usar para descrever nossos objetivos como pregadores. Entretanto, não devemos permitir que os abusos sofridos por essa palavra venham nos dissuadir da importância do amor. Devemos, mais exatamente, exigi-la daqueles que fazem troça dela. Amor, aqui definido, é a manifestação da convicção sincera através da expressão transparente do pregador no momento da pregação. O Dr. John Piper é a escolha lógica aqui.

Eis aqui tudo de uma vez. A *clareza*, que intensifica o impacto da verdade em nosso coração e mente, leva à *simplicidade*, que cria uma ampla consciência da verdade, o que resulta em *amor* sincero. O *amor* nos permite comunicar a verdade com um impacto biblicamente autoritário. O pregador move-se naturalmente de um ponto para o outro: da clareza para a simplicidade, da simplicidade para o amor. Há uma sequência específica aqui; uma não pode preceder a outra ou existir sem a outra. Não posso ser capacitado com um amor sincero, a menos que haja um entendimento profundo. O entendimento profundo vem com a clareza. A clareza vem com trabalho duro e a graça.

Em última análise, tudo isso aponta para uma realidade substancial. O grande segredo por trás dos pregadores expositivos mais dinâmicos e admiráveis que conhecemos é óbvio: *não há grande segredo*. Caracteriza-se pelo que sempre se caracterizou: uma devoção simples e pura ao nosso glorioso Deus, um amor ardente pelo Filho eterno e uma dependência constante ao Espírito Santo fazem o que só Ele pode fazer.

Pressupostos: Alguns objetivos mais amplos para este livro

Além de verificar meu argumento central, há outros objetivos que defini para mim. Quis testar os pressupostos gerais sobre a pregação expositiva que levei comigo durante todo o meu ministério. Quis testá-los em relação às mais respeitadas opiniões sobre o assunto. Muitos destes pressupostos se tornaram grandes obstáculos em minha exposição e entrega da mensagem. Estava reavaliando as convicções centrais pertinentes à relação entre a pregação expositiva e a entrega da mensagem. Foi aqui que enfrentei o elefante.

Fiquei surpreso ao descobrir quantos pregadores que admiro discordam ou minimizam alguns dos pressupostos básicos sob os quais eu estava trabalhando. No final, o que eu acreditava ser verdade e amplamente aceito pelos melhores pregadores expositivos não era. Essa experiência particular mudou minha vida.

Também fiquei surpreso por saber quantos desses mesmos irmãos estavam frustrados por estereótipos generalizados da pregação expositiva. A maioria acredita que a pregação expositiva sofra de distorção provocada por praticantes bem intencionados, mas desequilibrados. Quase todos com quem interagi repeliram algum rótulo de uma maneira ou de outra.

Em algum ponto ao longo do caminho, percebi que minha luta era parte de uma tendência mais ampla. Eu fazia parte de uma simultânea rededicação e reexame da pregação expositiva que estava em andamento por minha geração de expositores bíblicos. Ao mesmo tempo em que rejeitávamos os extremos das metodologias de buscadores pragmáticos, as tendências emergentes do evangelho social reciclado e os resquícios rancorosos do fundamentalismo endurecido, havia a necessidade de reorientação no contexto *pós-tudo* em que estávamos pregando.[2] O grande propósito era o mesmo. A condição humana era a mesma. A mensagem era a mesma. Mas muito havia mudado acerca das variáveis entre nossa proclamação da verdade e o primeiro banco da igreja. Era o mesmo velho inimigo com armamento moderno. Cada geração de expositores bíblicos é forçada a lutar com questões pertinentes ao seu contexto. Como se constatou, há um monte de pregadores fazendo estas mesmas perguntas.

Qualificações: Como abordar este livro

O meu objetivo neste trabalho não é recapturar o terreno perdido. Em outras palavras, tomo como certas as convicções teológicas e metodológicas. O meu público é composto por pessoas que vivem e respiram os axiomas bíblicos que promovo. Estas verdades nos unem. A nossa fraternidade é específica. Não estou "pregando sobre a necessidade de pregar". Estou escrevendo para pregadores expositivos sobre questões práticas pertinentes à entrega da mensagem. Estou chamando-nos de volta da borda do obscurantismo acadêmico.

Não estou escrevendo para convencer as pessoas sobre a prioridade da pregação expositiva. Há grande número de livros sobre esse assunto. O meu é uma discussão intramural. Como resultado, passei muito pouco tempo defendendo a autoridade da Palavra de Deus ou o mérito da pregação expositiva em comparação a algum outro modelo. Suponho ambos. Não ofereço ampla definição do que constitui pregação expositiva. Apresento uma curta definição e presumo que todos saibamos do que se trata.

---

[2] Kevin De Young and Ted Kluck, *Why We're Not Emergent: By Two Guys Who Should Be* (Chicago: Moody, 2008) [Edição brasileira: *Não Quero um Pastor Bacana* (São Paulo: Mundo Cristão, 2011).]; David W. Henderson, *Culture Shift: Communicating God's Truth To Our Changing World* (Grand Rapids: Baker, 1998).

Não saio da minha linha de raciocínio para apresentar um qualificador bíblico/teológico para cada sugestão ou exortação que faço em relação a algum ajuste prático ou filosófico. Neste sentido, esta não é uma *pregação expositiva* sobre a *pregação expositiva*. Por exemplo, se sugiro que "o verdadeiro poder na entrega da mensagem encontra-se no amor", não quero dizer de forma exclusiva. Obviamente, o verdadeiro poder vem do Espírito Santo. Só desejo enfatizar a importância deste elemento específico da entrega da mensagem. O leitor precisará me conceder o benefício da dúvida em vários lugares. No entanto, para tranquilizá-lo, proponho a seguinte citação de um capítulo mais adiante:

> *Cremos (creio) que a Bíblia é de origem divina. Cremos (creio) nisso, portanto, também cremos (creio) que a Bíblia é verdadeira, literal, infalível e sem erros. Cremos (creio), também, que ela deva ser explicada com precisão. Além disso, cremos (creio) que só o poder do Espírito pode traduzi-la e transformar vidas por meio dela. Cremos (creio) firmemente que nossa responsabilidade é apresentá-la sem distorção.*

Também suponho que a maioria dos pregadores expositivos tenha dificuldades na entrega da mensagem. Portanto, tenho a tendência a generalizar. Minhas generalizações baseiam-se em uma combinação de experiência pessoal, pesquisa, observação e jornalismo. O que apresento como "falha" em nossa entrega da mensagem é algo como um pequeno segredo sujo entre nossa fraternidade. Se você é a exceção, aceite minhas desculpas. Todavia, quase todos com quem falei, quer em caráter oficial ou extraoficial, prontamente reconheceram a contundência tediosa pela qual a pregação expositiva é conhecida. Isso os frustra. Todos foram francos em concordar com a avaliação de que os pregadores expositivos, em geral, são menos dinâmicos e lutam mais na área da entrega da mensagem do que outros pregadores.

Descrições como "tranquilizantes humanos", "comentários repetitivos" e "profetas irados", que emprego aqui, foram retiradas de minhas discussões com pregadores que você gosta. Caso você fique ofendido com alguma das minhas caracterizações, é bem provável que terei atingido o alvo proposto. Todavia, ao mesmo tempo, minha intenção não é condenar a maioria dos pregadores expositivos como especialistas medíocres. Muito pelo contrário, creio que muitos *são* excelentes especialistas que precisam ser libertos de alguma compreensão capenga acerca da pregação bíblica.

Incentivos: O objetivo deste livro

Os três metros entre a primeira fila de bancos e o púlpito são os mais significativos nas andanças do pregador em determinada semana. É difícil para o observador apreciar plenamente a estranha combinação de agonia e prazer unindo forças para viabilizar essa andança. Não há tal coisa como sermão mediano. Para todo pregador expositivo fiel, a distância é pavimentada com sangue, suor e lágrimas. As folhas de papel que ficam na parte de trás de nossa Bíblia são tudo. Assomamos ao púlpito toda semana, esperando que um pouco de nosso encontro transformador de vida que tivemos com a Palavra de Deus supere as dificuldades. Essa expectativa nos enche a alma.

Todo pregador conhece a decepção de expectativas não atingidas. Todos nós já descemos do púlpito tendo entregue um "abacaxi". Agora, os três metros se tornam em cinquenta na hora da volta. É uma viagem longa até nossa cadeira. Alguns dos nossos sermões são melhores do que pensamos. E então... alguns são piores do que imaginamos. Pouco importando o quanto tenha sido severo o sofrimento de nossas graciosas vítimas, ninguém sofre mais do que o pregador. A dor não diz respeito apenas à entrega horrível da mensagem. É o que a entrega horrível da mensagem causou. Ela ficou entre Deus e seu povo.

Temos tesouros na ponta da língua e não sabemos extraí-los. Sabemos o que queremos dizer. Só não conseguimos achar as palavras no momento em que mais importa. Às vezes, conseguimos e tudo se encaixa. São momentos sublimes. Infelizmente, também são raros. Mas, têm de ser? A consistência é possível? Podemos esperar entregar consistentemente as descobertas de nosso estudo sem perder o impacto pretendido? Acho que sim. Na verdade, já vi isso. Já ouvi pregadores em minha vida cristã inteira, cujo legado é a entrega consistente de mensagens poderosas. Esta confiabilidade é admirável e também levanta questões importantes. Como conseguem? Trata-se de mero talento? (Sim e não.) Podemos aprender? (Sim e não.) Como encontraram a própria voz? Mais importante, essa constância pode ser copiada? O que os torna grandes pregadores? Tive a tremenda sorte de sentar-me frente a frente com alguns pregadores expositivos incrivelmente talentosos e humildes. Deixei-os falar à vontade. Nos momentos que me deram, extraí deles todo e qualquer *insight* que consegui. Foi a alegria do autosserviço.

Ambições: A esperança deste livro

Meu objetivo é inspirar. Inspirar os pregadores expositivos a ir adiante e despertar a Igreja adormecida, incendiando a si mesmos e a sua exegese atrás do púlpito. É ver o momento da pregação e da entrega da mensagem como oportunidade gloriosa e recorrente para exaltar a Cristo através do ato "louco" da proclamação biblicamente baseada. É ser loucos que não tenham vergonha e obreiros para Cristo. É pregar com uma cegueira invejável que a maioria jamais experimentará ao longo da vida. Uma cegueira em relação ao "rosto impassível" das pessoas.

Este livro destina-se a ser de "leitura fácil", não um tomo abrangente sobre a pregação expositiva. Longe disso. Seria melhor começar a leitura na segunda-feira com vistas ao domingo. Levará pouco tempo para lê-lo. É bem provável que você o deixe no meio da leitura, a fim de aplicar algo que estes irmãos talentosos sugerirem. Seria muito melhor assim. Na verdade, é perfeito. Todos os pregadores que entrevistei encerraram o diálogo atualizados e entusiasmados com a pregação. Se você ficar animado com o privilégio de pregar, terei alcançado meu objetivo. Oro para que seja uma bênção para você também. Oro para que você encontre um novo amor para vencer os três metros neste domingo. Oro por "pregos bem fixados".

Mãos à obra!

Capítulo Um

Autenticidade e a Liberdade de Descobrir o seu Estilo

Como empresário, sou sócio do Rotary Club há quase quarenta anos, e todos os meses temos uma reunião, quando alguém faz uma palestra sobre algum assunto. Quando volto para casa, conto a minha esposa sobre qual foi o assunto da palestra, e como a pessoa construiu suas argumentações e disse o que queria dizer. Raramente, faço isso com sermões. Acho que deveríamos fechar os seminários teológicos e enviar nossos candidatos ao Rotary International.[1]

Morte por Power Point

Para muitos, a possibilidade de ouvir a pregação expositiva (bíblica) é equivalente a uma reunião de negócios com uma dessas apresentações em Power Point dolorosamente ruins com mudanças constantes, onde os slides são lidos linha por linha. Este é um efeito conhecido por "morte por Power Point". No transcurso de uma hora (se você tiver sorte), fatos serão narrados, mas ninguém se lembrará deles. A pregação expositiva goza de má reputação entre muitos por ser maçante e

---

[1] David T. Gordon, *Why Johnny Can't Preach: The Media Have Shaped the Messages* (Phillipsburg, New Jersey: P&R, 2009), p. 21.

irrelevante. Em defesa, oferecemos alternativas descritivas mais dignas como "séria" e "bíblica". Porém, há certa verdade no estereótipo. Nós, que mais a enaltecemos, não a ajudamos, pois confirmamos a suspeita através de púlpitos sem brilho. Obviamente, não é assim em todos os casos, mas os praticantes do ofício, muitas vezes, "dizem algo" sem ter "algo a dizer". Como observou um bem conhecido pregador expositivo: "Exegese exaustiva e organização clara são cruciais para uma mensagem eficaz. Todavia, um bom sermão mal pregado não é melhor do que um sermão ruim pregado corretamente."[2]

Ao visitar uma boa amiga, ávida ouvinte de sermões e crente séria, surgiu um tópico relacionado à pregação expositiva. Foi levantada por causa da frustração.

– Prefiro a pregação tópica à pregação expositiva. Aplica-se mais a minha vida.

A crítica é um tanto quanto padrão. É, também, o cerne da minha frustração. Por um lado, o contraste estipulado com a pregação tópica demonstra uma incompreensão fundamental do que constitui pregação expositiva. Ainda que geralmente seja (e deva ser) de natureza consecutiva, não exclui apresentações tópicas ou temáticas. Significa, apenas, que os tópicos ou temas são fundamentados na exegese sadia de passagens em seu contexto original e não nos devaneios do pastor arrancando passagens do ar.

Essa generalização era bastante incômoda, mas minha amiga completou o estereótipo soltando a palavra A, quando mencionou a *aplicação*. Quantas vezes já ouvimos isso? "A pregação expositiva carece de relevância e aplicação." Pelo contrário, a pregação expositiva é a metodologia mais aplicativa de todas! Pelo menos deveria ser. (Um ponto que ainda ressaltarei mais adiante.)

Tudo isso estava zanzando em minha cabeça enquanto formulava uma resposta à crítica abrangente de minha amiga. Ao invés de subjugá-la com uma crítica severa (ou perder a amizade), disse simplesmente:

– Claro, você nunca ouviu a verdadeira pregação expositiva. Pelo menos, como deveria ser. –Infelizmente, a maioria também não.

Minha queixa não é com o método em si. Para registro, vejo a pregação expositiva como a única forma legítima de pregação. Rejeito to-

---

[2] John MacArthur Jr. et al., *Rediscovering Expository Preaching: Balancing the Science and Art of Biblical Exposition* (Dallas: Word, 1992), p. 321.

talmente as críticas atuais à pregação tradicional.[3] Pregar é explicar a Bíblia. A exposição, por definição, significa explicar ou expor. Inclui o processo de descobrir o significado pretendido pela Bíblia em seu contexto original e a responsabilidade de apresentar esse significado ao povo de Deus que está em um contexto diferente. Esta é a lacuna que a exposição quer transpor.[4] Quando o pregador termina de falar, o povo de Deus entende melhor o que o Senhor disse em sua Palavra.

Essa é a característica distintiva da pregação expositiva. Traz consigo certas implicações. Os sermões não podem ser expositivos ou bíblicos simplesmente porque a Bíblia é referenciada. Da mesma forma que estar em uma garagem não faz um carro, ficar atrás de um púlpito com a Bíblia aberta não torna o indivíduo pregador expositivo. Há muitos crentes que ouvem a palavra "maçante" e presumem que o pastor é pregador expositivo. Só porque soa como pregação "tradicional" não significa que seja pregação expositiva. A pregação expositiva tem uma ressonância distinta. Você reconhece quando a ouve.

Pilhas de tijolos e madeira por todos os lugares

Os cursos de homilética que fiz foram marcados para o último ano do seminário. Ganhei inúmeros *insights* úteis sobre pregação. Em muitos aspectos foi um tempo bem gasto. Mas também passei certo tempo – duas décadas – desaprendendo maus hábitos que eram um obstáculo à minha mentalidade na entrega da mensagem.

Derivar os sermões e a estrutura do sermão da exegese era o foco principal da minha homilética. É como deveria ser. Minha formação acadêmica, pela qual sou eternamente grato, deixou-me com um conhecimento prático das línguas bíblicas. Hoje, tenho ciência de suas nuances e estou apto para reconhecer e analisar a maioria das questões interpretativas. Toda semana, começo com uma bíblia em grego (ou hebraico) aberta. Posso também interagir com comentários escritos por autores que realmente sabem o que estão fazendo. Estou devidamente capacitado.

[3] Doug Paggit, *Preaching Re-imagined: The Role of the Sermon in Communities of Faith* (Grand Rapids: Zondervan, 2005).

[4] Roy B. Zuck, *Basic Bible Interpretation: A Practical Guide to Discovering Biblical Truth* (Colorado Springs:Victor, 1991), p. 16.[Edição brasileira: A *Interpretação Bíblica: Meios de Descobrir a Verdade Bíblica* (São Paulo:Vida Nova, 1994).]

Há uma parte de mim, contudo, que luta para vencer o resultante e não intencional desequilíbrio. Infelizmente, tratei todo ensinamento sobre a entrega da mensagem como nota de rodapé à ênfase primária da hermenêutica e exegese. Falhei em integrá-la em meu pensamento como uma extensão da exegese. Assim, quando terminei o seminário, tive dificuldades em apanhar toda a incrível exegese das informações e apresentá-la de forma impactante. Tornei minha exegese inócua, marginalizando a entrega da mensagem.

Os sermões que desenvolvi (e continuei a desenvolver por algum tempo) eram, basicamente, muito sucintos, razoavelmente estruturados e, de vez em quando, surgiam informações interessantes. Minha concepção operacional? Técnica é igual à bíblica. É óbvio que minha homilética era uma salvaguarda contra os abusos pragmáticos do movimento dos buscadores, mas não muito mais que isso. Toda consideração sobre como um conceito deve ser apresentado, ou toda abordagem criativa à apresentação era suspeita. Obtinha minha estrutura da exegese, mas agonizava em minha apresentação, causando igual agonia ao meu público. Por conseguinte, meus sermões e os estudos para fazê-los ficavam perpetuamente inacabados. Como disse Broadus: "Pilhas de tijolos, madeira e areia são tanto uma casa quanto a mera acumulação de pensamentos constitui um discurso."[5]

Eu tinha "pilhas de tijolos e madeira". Reunia os fatos, mas não fazia ideia de como processá-los e apresentá-los. Basicamente, eu não conseguia terminar. Mais importante, eu não conseguia transpor o espaço entre meus estudos e o coração da minha congregação, que é o cerne do método expositivo.

> *Nada é mais frustrante e desanimador para o intérprete do que constatar que a mensagem dada para a audiência fracassou e é sem vida, após o intérprete cumprir todos os requisitos de averiguar a gramática, a sintaxe, a estrutura literária e a história de determinado texto. Depois que o exegeta investiu todas essas horas conscienciosamente traduzindo o texto, analisando os verbos, investigando*

---

[5] John A. Broadus, *On the Preparation and Delivery of Sermons*, 4th ed., Revised by Vernon Stanfield (New York: Harper Collins, 1979), p.225. [Edição brasileira: *Sobre a Preparação e a Entrega de Sermões* (São Paulo: Hagnos, 2009).]

> *as origens históricas e traçando as relações sintáticas, há um sentimento de traição, quando tudo isso falha na hora de entregar uma mensagem credível que fale com as pessoas dos dias de hoje.*[6]

Dedicava-me a estudar quinze a vinte horas por semana, mas muito pouco desse tempo era reservado para considerar em "como dizer". O que eu acabava fazendo, ao invés de pregar, era usar inadvertidamente o púlpito para dar à minha audiência uma aula de Interpretação Bíblica Básica semanal. Eu era o "Mestre do Óbvio!"

Laboratórios de pregação, que são projetados para tratar das questões da entrega da mensagem, têm semelhança impressionante com a oncologia. O tratamento contra o câncer é quase tão letal quanto a doença. Da mesma forma, o tratamento contra a pregação ruim é tão letal quanto a situação. Ou seja, ouvir sermões ruins beira às raias do insuportável. Ninguém sofre mais do que o público. Os mais letais encontram-se nos laboratórios de pregação dos seminários. Laboratórios de pregação são um bombardeio implacável de sermões realmente previsíveis, realmente terríveis. É como assistir as primeiras semanas do *American Idol*, quando constantemente nos admiramos: "Quem disse que essa pessoa sabe cantar?" ou "Será que ela não percebe que não canta nada?" É doloroso assistir.

Enquanto sofria durante esses sermões (inclusive o meu), fiquei impressionado com uma observação: "Todos parecem iguais". Todos tinham o mesmo toque mecânico no formato dos "três disso" e "quatro daquilo". Mas fiquei pensando: *Será este o resultado desejado do método histórico-gramatical?* Tudo parecia forçado quanto ao texto e ao pregador. *Éramos "clones"*, pensava. Meras cópias do que supúnhamos ser a pregação expositiva. Tudo isso levantava questões importantes em minha mente: *Será que esta era a única maneira de abordar a pregação bíblica? Pregação expositiva é isso?*

Por fim, fiz uma importante descoberta pessoal. Não há conexão direta entre determinado estilo de entrega da mensagem e a pregação expositiva. Nem um nem outro pode ser defendido biblicamente. Na

---

[6] Walter C. Kaiser, Jr., *Toward an Exegetical Theology: Biblical Exegesis for Preaching and Teaching* (Grand Rapids: Baker, 1981), p. 131.

realidade, todo método de entrega da mensagem pode obscurecer o significado do texto, inclusive o muito bem estruturado. Como muitos dos que ouvi nesses laboratórios. Steve Smith, professor associado de pregação no Seminário do Sudoeste, explicou desta maneira:

> *Não creio que devamos entender que o estilo expositivo seja a única maneira de pregar, porque a pregação expositiva não é um estilo por si só. Pode parecer como dividir os cabelos, mas pense. Se a pessoa quer uma estrutura específica de sermão estilizada (ou seja, três ou quatro pontos, uma introdução e uma conclusão), então não posso defender esse estilo estrutural como a única maneira de se fazer sermão. Não é porque eu não tenha uma elevada visão das Escrituras; mas é, precisamente, porque tenho uma visão muito elevada das Escrituras que não tomo a preciosa Palavra de Deus, com seus múltiplos gêneros que Deus inspirou para comunicar-se, e a forço a adequar-se a predeterminado esquema.*[7]

Ele tem razão. Afinal de contas, se Paulo quisesse compartilhar "Dez Fundamentos da Vida Cristã", por que não o fez? O que eu via era algo um tanto quanto artificial. Onde estava o impacto que se queria destacar na passagem? Onde estava o coração e a alma do pregador? Onde estava a evidência da clareza iluminada pelo Espírito na vida do pregador?

> *É como assistir as primeiras semanas do American Idol, quando constantemente nos admiramos: "Quem disse que essa pessoa sabe cantar?"*

Não me oponho à entrega estruturada da mensagem. É inevitável, visto que existe uma ordem no texto. As pessoas precisam dessa estrutura. Dá-lhes um gancho para pendurar a mente. Nossos professores precisam de determinado formato por uma razão. Como jovens pregadores, precisávamos de rodinhas laterais para aprendermos a pregar. Mas, e aqui está o problema, ninguém nunca nos explicou como tirá-las.

---

[7] Steve Smith, *Dying to Preach: Embracing the Cross and the Pulpit* (Grand Rapids: Kregel, 2009), p. 64.

Vencendo a dificuldade

Após anos de prática, certos aspectos da pregação são tão difíceis como sempre foram. De certa forma, são mais difíceis. Não necessariamente os aspectos mais mecânicos. Tempo, prática e ferramentas ajudaram a agilizar alguns componentes da preparação. O que permaneceu implacavelmente doloroso é o fim do processo. Ainda me encontro de joelhos suplicando a misericórdia de Deus no mesmo ponto do processo a cada semana. É nesse momento que me volto dos detalhes e olho a tela em branco do meu sermão. Soltar o meu coração é difícil. Humanamente falando, é o que fazemos neste ponto como pregadores expositivos que faz a maior diferença no que pregamos. É aqui que o verdadeiro sermão é forjado e o verdadeiro pregador renasce. Obviamente, começamos com a língua original, mas chegar à língua comum é sempre mais difícil. É o suor de sangue e lágrimas do processo.

Enquanto viajava pelo meu país entrevistando pregadores, vim a perceber algo: todos somos farinha do mesmo saco. É o mesmo para cada pregador bíblico consciencioso. Pouco importando quão experientes ou talentosos sejamos, enfrentamos a mesma pergunta difícil toda semana: "Como vou dizer isso?" Nem mesmo um dos irmãos talentosos com quem falei jamais mencionou ter orado para entender um tempo verbal. Mas todos já oraram em busca de capacidade para demonstrar a importância daquele tempo verbal para a congregação.

Abrir caminho da exegese para o púlpito e, depois, do púlpito para o coração das pessoas é desgastante. O fato é que, depois de desmontar a passagem pela exegese, analisando a fundo cada característica e sentindo que entendeu e como se encaixa no contexto mais amplo, a preparação apenas começou. Como disse Martyn Lloyd-Jones:

> *Embora o sermão tenha sido preparado da maneira em que indicamos e preparado com cuidado, o pregador tem de ser livre no ato de pregar, na entrega do sermão. Não deve ficar muito preso à preparação. Este é um ponto crucial: é a própria essência deste ato de pregar.*[8]

---

[8] D. Martyn Lloyd-Jones, *Preaching and Preachers*(Grand Rapids:Zondervan, 1971), p. 83. [Edição brasileira: *Pregação e Pregadores* (São José dos Campos: Fiel, 1976).]

Muitos pregadores expositivos não têm ideia de como vencer a proverbial dificuldade da entrega da mensagem. Talvez seja porque nunca ninguém nos mostrou. Estamos tratando da maneira mais difícil. Outros de nós, paralisados por falsas suposições, não conseguem nem tentar. Herdamos a suspeita de qualquer coisa remotamente diferente. Rejeitamos qualquer coisa que não se ajuste em um parâmetro familiar. Tendo testemunhado os abusos dos gurus especializados em crescimento de igreja, qualquer coisa diferente de determinada estrutura consideramos um comprometimento importante.

Há um monte de pregações "criativas" dignas de rejeição. Especificamente, um tipo de pregação mais dependente da qualidade da iluminação e *fengshui* cristianizada do que exegese. A mensagem e a aplicação têm pouco a ver com as passagens em que se baseiam. É o tipo de coisa que obtemos de um seminário de autoajuda no YMCA. Chamo essas coisas de "Teologia da Mãe Esportiva"* ou "Terapia de Grupo Livre". Não é o que estou defendendo.Pouco importando a maneira particular da entrega, estilo ou formato, a pregação expositiva sempre se evidenciará por determinadas características. A pregação expositiva transcende a entrega da mensagem. Na sua essência, sempre será uma explicação do que a Bíblia quer dizer, e toda aplicação resultará do significado pretendido. Mas isso não necessita determinado estilo. Só exige certa convicção.

A longa e intimidante sombra

Centenas de livros são escritos sobre pregação a cada ano. A pergunta óbvia: Por que mais um? O que mais pode ser dito sobre este assunto que já não foi? Considerei esta questão muitas vezes. Sei que há pessoas com muito mais experiência e credenciais mais importantes que escreveram sobre o assunto. Lendas da pregação expositiva, de quem muitos desejam ouvir, opinaram sobre a pregação. Existem livros clássicos que lançam sombras vastas sobre qualquer tratamento moderno, mesmo os bons. Além disso, escolhi escrever em uma época em que a pregação caiu em desuso na igreja.[9] Falando muito francamente, o interesse é

---

* N. do T.: Mães que passam o dia inteiro levando os filhos de uma atividade ou evento esportivo para outro.

[9] Steve Lawson, *Famine in the Land: A Passionate Call for Expository Preaching* (Chicago: Moody, 2003).

baixo. Também admito que meu conhecimento seja limitado. Escrevo mais do ponto de vista de um hacker do que de um profissional. Não sou professor de homilética. Então, por que me ouvir?

Caso este projeto fosse estritamente sobre homilética, eu teria parado há muito tempo. Só que não se trata da pregação por si só. Diz respeito ao coração do pregador. Trata-se de uma jornada que todo aquele que prega precisa fazer. Uma jornada que termina na libertação da voz daquele que traz a mensagem. Em todas as minhas pesquisas e entrevistas, ficou evidente que os pregadores verdadeiramente eficazes tinham iniciado sua própria jornada em algum momento de seus ministérios. Uma jornada que terminou para cada um deles tendo a liberdade no púlpito, a libertação de sua exegese e a descoberta de seu estilo.

Em nível prático, cada pregador eficaz é, em sua essência, eficaz por ter encontrado o seu *estilo*. Quer saiba disso ou não, cada pregador frustrado está à procura do seu estilo. Obviamente, algumas coisas só o tempo e a prática corrigem. Os altos e baixos da entrega da mensagem feita regular- mente são parte do processo. Porém, todo pregador a quem admiramos tem uma história similar repetida de várias maneiras. Todos começaram com a mesma frustração: "Tenho de encontrar meu estilo de pregação". Se desejamos fazer um bem à nossa exegese, temos de chegar ao mesmo ponto. De fato, há dois desafios substanciais que estão entre nós e essa liberdade invejável que ouvimos na pregação que fazem: a transparência e o medo.

Transparência: Tirando as aparências do púlpito

Minha inspiração em escrever baseou-se em uma suposição: sou um jovem pastor-professor reformado de trinta e poucos anos de idade desesperado para pregar com uma sinceridade que glorifique a Deus *e tem* de haver, pelo menos, outro pregador que compartilhe o meu desespero *e* esteja enfrentando as mesmas dificuldades que eu.

Esse irmão me inspira. Estou escrevendo especialmente para ele, que é meu companheiro que abre caminho através das mesmas iterações em sua vida. É o pastor nas trincheiras confortáveis sabendo que sua fama nunca irá além da inclusão do seu nome no boletim da igreja. O pregador que poucos conhecem e poucos jamais conhecerão; é trabalhador lento. Um servo que produz penosamente um sermão "mais ou menos" um após o outro, semana após semana. É pregador expositivo consciencioso que aflige-se em relação aos detalhes do texto, muito antes de subir ao púlpito. Está preso em algum lugar entre o fundamentalismo de seu pai e a mais recente mania de crescimento de igreja que lhe é apresentado. Com inúmeras outras responsabilidades na agenda, responde ao badalar dos sinos para pregar o sermão todas as semanas. Já pregou com verdadeira liberdade algumas vezes na vida, mas quer que seja todos os domingos. Não tem tempo para reinventar a homilética, mas sabe que poderia melhorar bastante. Sentei-me e escrevi para esse indivíduo. Por que ele? Porque eles ou eu. Ele e eu, apesar de nunca termos nos conhecido, compartilhamos uma luta comum. Minha mensagem destina-se a ele.

Esta é a conexão com a entrega de sermões. Sou motivado por uma perspectiva semelhante quando prego. Tem de haver, pelo menos, um pecador por aí que sabe o que estou dizendo quando falo a respeito do meu próprio momento de clareza nesta passagem. Prego para pessoas como eu, que enfrentam a luta diária contra o pecado e dependem a todo instante da graça de Deus. Este axioma paira sobre minha preparação e emerge em minha pregação. Pela graça, sou obrigado a entender a Palavra de Deus e comunicá-la de uma forma que ela seja traduzida e aplicada na vida daqueles que eu amo, e isso exige transparência.

"As pessoas não se importam com o quanto você *sabe* até que *saibam* o quanto você se importa". Já ouvi este provérbio mil vezes. Contém muita verdade. A sinceridade é indispensavelmente importante. No entanto, o tipo de sinceridade que melhor comunica vai um pouco além. O povo de Deus precisa saber que você se importa, mas também precisa saber que o que você crê mudou sua vida. Não sou chamado apenas para explicar a verdade, mas para exemplificá-la (1 Tm 4.12). Isso inclui o impacto que a verdade causa em minha vida de modo semanal, diário e de momento a momento. A eficácia na pregação está ligada à busca que o pregador faz de Deus. Nossa congregação precisa ver que estamos maravilhados pelas verdades com as quais deparamos. Não subestime o poder de um "rosto desvelado" no momento da pregação. Entre as coisas mais esperançosas, poderosas e eficazes que faço para a minha congregação é levar um coração recentemente partido para o púlpito.

Escondendo-nos atrás de ternos e sintaxe

Não faz muito tempo, fui convidado para pregar em uma cidade distante onde moro. Entreguei um sermão no qual usei a minha vida como exemplo de luta. Mesmo como pastor, enfrento uma batalha constante para manter-me coerente na liderança espiritual de minha família. Contei determinada dificuldade que enfrentava a esse respeito. Foi um momento bastante descontraído de humildade e modéstia. Uma anedota. Dei pouca importância na época, pois minha congregação não diria nada a respeito. Mas minha transparência teve um impacto importante na igreja que eu estava visitando. Na verdade, pode ter comunicado o texto mais eficazmente do que qualquer coisa em particular que eu disse.

Depois, falando com um dos anciãos, um membro da igreja fez esta observação:

— Quando o pastor Byron deu seu testemunho, fiquei surpreso. Ocorreu-me que ele também é pecador e luta contra o pecado, como eu. Foi um alívio ver a graça trabalhando nele. Deu-me esperança como pai e marido.

Fazendo referência a seu pastor, continuou:

— Acho que nosso pastor luta contra o pecado. Mas até hoje, nunca o ouvi fazer menção a respeito. Às vezes, fico pensando se ele é humano como eu.

Ainda que não fosse minha intenção fazer essa comparação e admiro muito esse pastor, fiquei grato que o membro da igreja tivesse notado minha transparência, porque foi intencional. Tentei ser um exemplo tangível da graça santificadora. Esse tipo de clareza vulnerável tem um jeito de tornar os livros *teológicos* na mente das pessoas em *hinários* no coração. Não podemos ser distantes e intocáveis. Não podemos esconder nossa humanidade atrás de ternos ou sintaxe.

Muitos pastores diriam que este tipo de transparência diminui a autoridade no púlpito e reduz a confiança das pessoas em nosso ministério. Por conseguinte, retraem a humanidade. Consideram parte de suas responsabilidades manter as fraquezas pessoais fora de vista. O resultado, na minha humilde opinião, é um discurso engomado, não sermões entregues por instrumentos humanos. Se a pregação expositiva goza da má reputação de ser chata e sem vida, é, em parte, por causa dessa mentalidade. Há muita coisa de errado nesta perspectiva.

O maior erro é a distância que ela coloca entre o púlpito e a primeira fila de bancos. É uma distância que a maioria de nós luta para vencer todas as semanas na entrega da mensagem. Muitas vezes, somos "cientistas expositivos". Aplicamos os métodos adequados de investigação ao texto, resultando em conclusões sadias. Nossa pregação divulga os resultados de nossa investigação, mas raramente porque é importante. "Próximo slide, por favor!".

A pregação expositiva não tem de ser mecânica e estéril para ser legítima. O método histórico-gramatical tem de resultar, ao que parece, em uma entrega mais dinâmica da mensagem. Afinal, o pregador expositivo gasta a maior parte da semana espremendo o coração sob a intenção do autor da passagem. Não há maneira de, verdadeiramente, nos preparar para pregar e, então, sair da mesa de estudos sem termos sido mudados. Se sairmos sem mudança, ainda não começamos a nos preparar e, certamente, não estamos preparados para pregar. Seja o que for que a Palavra queira efetuar em nós, quer seja quebrantamento, amor, convicção, indignação justa, contrição, clareza, alegria, júbilo, esperança, zelo, tem de vir durante a entrega da mensagem. Temos de expor nossa congregação aos efeitos da Palavra causados em nosso coração. Como deixar de ser assim? É o transbordamento natural da abordagem expositiva.

Somos chamados a exercer e exemplificar a piedade. Por isso, tem de haver critério em nossa transparência e no que apresentamos como exemplos extraídos de nossa vida. Mas tal abertura não resulta em falta de respeito por parte de nossa congregação. Resulta no exato oposto: confiança. A demonstração da graça de Deus em nossa vida — transparência — aumenta nossa autoridade. Instila confiança em nosso ministério; não o corrói. Torna-nos exemplos do que seu poder faz em uma vida. Atrai a congregação para nós como pastores e nos dá ouvidos como pregadores. Põe o evangelho em exposição pública por meio de nossa experiência. "Usar as aparências" no púlpito tem o poder de manter a cruz no reino da teoria. Tudo isso muda quando deixamos as aparências de lado. A própria Bíblia prova este argumento. Ela contém uma descrição refrescantemente franca dos servos de Deus. Suas falhas são óbvias e parte importante do repertório. Em certos lugares da Bíblia, a humanidade é primitiva e grosseira, não havendo o mínimo esforço para filtrá-la.

Os servos de Deus não são as estátuas de mármore que lhes fizemos ser. Suas falhas ecoam em suas exortações. Ou devemos presumir que o incentivo de Pedro para permanecermos fiéis a Cristo (1 Pe 4.12-14) não foi oferecido à luz de seu próprio fracasso histórico?

Não há maneira de, verdadeiramente, nos prepararmos para pregar e, então, sair da mesa de estudos sem termos sido mudados. Se sairmos sem mudança, ainda não começamos a nos preparar e, certamente, não estamos preparados para pregar.

Ou será que a explicação apaixonada de Paulo de uma justiça alheia (Fp 3.7-11) não foi dada tendo em vista o seu esterco hipócrita e patético? Paulo falava de si mesmo e de seu ministério:

> *Esta é uma palavra fiel e digna de toda aceitação: que Cristo Jesus veio ao mundo, para salvar os pecadores, dos quais eu sou o principal. Mas, por isso, alcancei misericórdia, para que em mim, que sou o principal, Jesus Cristo mostrasse toda a sua longanimidade, para exemplo dos que haviam de crer nele para a vida eterna.* (1 Tm 1.15-16)

Estar acima de toda repreensão não é o mesmo que estar acima de toda congregação. O fato é que estamos com eles ao pé da cruz, mesmo quando estamos no púlpito. Temos de fazer a exegese, a entrega da mensagem e do coração visando essas pessoas preciosas.

Vida real, pessoas reais, absurdo real

Esta discussão não diz respeito a relevância. A relevância é uma armadilha que os pregadores são forçados a cair por demandas epidêmicas de ensinos *excessivamente carregados de princípios*. Na minha opinião, dar muita ênfase na capacidade própria de ser relevante resulta em uma peculiar servidão. Como certo estudioso notável salientou: "A relevância é relativa... O pregador precisa tomar cuidado. Muitas congratulações e barulho sobre a relevância e como o Senhor nos abençoou através do sermão ou palestra podem ser muito sedutores. É muito fácil a relevância ser avaliada por motivos puramente pragmáticos."[10] Se nos entregarmos à busca de relevância, acabaremos parecendo mais como treinadores de vida do que arautos da verdade divina. Paulo advertiu que fazer isso era tornar vão o evangelho (1 Co1.17).

Sendo assim, a relevância e aplicações do tipo "basta adicionar água" são respeitadas pelos evangélicos como as virtudes mais desejáveis que um pregador pode ter. Vários clichês que facilitam essa miopia estão por toda parte: "Apenas me dê o que eu possa usar." "Onde está a aplicação para a minha vida?" "Quero pregar onde as coisas aconteçam." "Vida real, pessoas reais, problemas reais." Estamos falando sério? Apesar do que possamos pensar, não há virtude em sustentar estas declarações. Presumimos que representam um compromisso mais nobre com as coisas espirituais. Na realidade, essa mentalidade é egoísta e contrária à espiritualidade bíblica.

Depois que preguei um sermão teológico sobre determinado atributo de Deus, uma matriarca bastante autoconfiante aproximou-se de mim. Eu sabia o que estava por vir. Você sempre sabe o que está por vir, e isso *não é* bom.

– Não houve nada nesse sermão que falasse comigo. Nada teve aplicação para a minha vida.

Basicamente, "você não é bom em pregar". À sua maneira, ela estava tentando ser útil. Ela é o que Warren Wiersbe chama de "dragão bem-intencionado". Infelizmente, ela escolheu o momento errado.

Quando estava pregando, notei uma idosa graciosa em nossa congregação que ficara recentemente viúva. Seu marido morrera de ataque cardíaco enquanto, certa noite, ia para a cama. Ela tentou a reanimação cardiopulmonar (RCP), mas ele tinha ido embora. Era um homem temente a Deus; ela era uma esposa amorosa. Foram uma só carne por mais de cinquenta anos. Durante o sermão, ela chorou. Olhos fechados com um sorriso de contentamento no rosto. Vamos apenas dizer que o sermão teve aplicação. Quando minha autonomeada professora de homilética terminou sua crítica, chamei sua atenção às faces manchadas de lágrimas da preciosa irmã, que estava imóvel, ainda absorta na grandeza de Deus. Nenhuma explicação era necessária. Mas claro que, mesmo assim, expliquei-lhe. Devido à nossa obsessão por "relevância", nossa mentalidade contemporânea deixa

---

[10] Graeme Goldsworthy, *Preaching the Whole Bible as Christian Scripture: The Application of Biblical Theology to Expository Preaching* (Grand Rapids: Eerdmans, 2000), p. 61.

de considerar o coração do irmão sentado ao nosso lado. Tudo com que mais nos preocupamos são casamentos mais felizes, sexo melhor e satisfação pessoal. Trata-se de narcisismo entorpecente.

As pressões colocadas sobre o pregador para que ele seja "relevante" são intensas, podendo até mesmo acabar com ele. Muitos acabam comprometendo a verdade, indo na direção errada. Antes de mudar de guarda-roupa ou ajustar a iluminação do templo, ofereço esta alternativa para o pregador e os paroquianos: *transparência sincera.*

Como pregador, coloco-me diante de pecadores salvos pela graça através da fé. Sua condição pecadora é tão óbvia para eles quanto a minha é para mim. Percebem, como eu, a necessidade de soluções divinas e não de sugestões vazias. Juntos estamos diante de uma Bíblia aberta, sabendo que a Palavra de Deus é viva e ativa e a única fonte da verdade. Confessamos também o Espírito como o único verdadeiro agente de mudança. Antes da invasão da graça em nossa vida, nossa sabedoria nos levava ao desespero. Passamos a vida nos curvando diante do altar da relevância. Então, um Deus gracioso nos abriu os olhos e nos salvou a alma. Quando o fez, abandonamos nossa assim chamada sabedoria e nos arrependemos de nossa concentração em nós mesmos.

Por sua natureza, pregar é ignorar a opinião dos homens. Somos chamados para falar em nome de Deus. Que Ele fale e que o homem ouça. Por que não permitir que a Palavra de Deus me esmague e me reconstrua para, em seguida, levar essa mensagem transformadora às pessoas que amo e que estão ansiosas pela mesma coisa? Isso é real. Isso é relevante.

Pregue a Palavra. Esta é a única alternativa a todo o clamor por relevância e ao resultante absurdo que se passa por pregação em muitas igrejas. Não há necessidade de todas estas "coisas". Já perdi a conta das "novas" abordagens e já não aguento mais. Por que não pregar com transparência? Por que não compreendê-la e deixá-la que transforme você? Leve este encargo para o púlpito e deixe-o transformar as pessoas. Quanto mais você o entende, mais ele a todos transforma. Esse simples objetivo transcende estilos, métodos de entrega de mensagem, personalidade, formação educacional, etc. Aqui há liberdade. Liberdade das expectativas. Liberdade das limitações de nossos dons. Liberdade para pregar com autoridade e amor. Liberdade do medo dos homens.

Destemor: Cego para ser um instrumento

O medo do homem é brutal, é cruel. É o nó na garganta, quando você ouve que alguém está deixando a igreja ou um membro pede uma reunião com uma das declarações mais infames: "Preciso falar com você sobre alguns problemas". O medo é paralisante, às vezes. É também pecado. Quer perceba ou não, o medo dos homens é, também, seu maior desafio no ato da pregação. É uma força a levar em conta. Se vamos verdadeiramente pregar, temos de enfrentá-la com decisão.

Nós, pregadores, somos uma raça insegura. Quem mais está atrás de elogios como nós? Nossa felicidade está ligada ao rosto de pessoas impassíveis. É possível passar a maior parte de nosso ministério pregando em busca de aprovação de algum grupo invisível ou vivendo à sombra de comparações irrealistas. Tudo isso é agradar a homens, na melhor das hipóteses. Nossa confiança como comunicadores bíblicos prospera quando nos libertamos desta carga. Certo pregador disse: "Quando você está livre do sorriso e da carranca das pessoas a quem você prega, você está em liberdade para ser instrumento de bênçãos para elas. Diria que para que haja maior poder no púlpito, tem de haver um retorno à pureza de motivação composta de um temor de Deus."[11]

Há muitas opiniões respeitáveis que poderíamos atender. Há aquele grupo de pessoas que julga nossa pregação com base em sua conexão imediata com a vida. Há outro grupo com dicionários e textos gregos à mão esperando para nos auxiliar na gramática. E há aqueles que nos dizem como fomos a cada domingo, quer seja verdadeiro ou não.

O que deve nos dominar acima de tudo é um interesse por Deus e a tarefa que Ele nos deu. Isso deve ofuscar todas as outras considerações, inclusive a preocupação por nossas limitações ou incapacidade. Temos de declarar o que Deus disse, independentemente de qual grupo de pessoas esteja diante de nós. Ironicamente, para fazermos isso, temos de pregar com um desrespeito santo pelas suas opiniões. É um amor corajoso. Há o Davi que enfrentou o gigante. Depois, há o profeta Natã que enfrentou o matador do gigante. Quem teve mais coragem?

---

[11] A. N. Martin, *What's Wrong with Preaching Today?* (Carlisle, Pennsylvania: Banner of Truth, 1967), pp. 17-18. [Edição brasileira: *O que Há de Errado com a Pregação de Hoje?* (São José dos Campos: Fiel, 1978).]

Não gastamos nosso tempo nos preocupando com o que as pessoas pensam de nós ou de nosso conjunto de habilidades. Temos de ser cegos a todos os homens, sobretudo de nós mesmos. A pessoa mais importante para você ignorar é você mesmo. Um nível doentio de autoconsciência pode ser mais intimidante do que uma congregação cheia de críticos.

Não tome minha admoestação como licença para a rebelião. Precisamos nos manter humildes, recebendo até mesmo as críticas mais severas com graça. Alguns pregadores arrogantes posicionam-se acima do conselho dos outros, a fim de justificar hermenêutica de má qualidade ou preparação inadequada. Tal insegurança é tolice. Sempre há espaço para melhoras. Entretanto, você terá uma morte lenta e agonizante atrás do púlpito e no ministério, uma vez que você procure satisfazer o capricho das pessoas ou tente imitar o estilo de alguém.

Agir assim é contrário ao próprio ato da pregação. Quando Paulo incumbiu Timóteo, ele não disse: "Conjuro-te diante da tua congregação!" e nem disse: "Conjuro-te diante dos teus professores de seminário!" Ele incumbiu Timóteo "diante de Deus e do Senhor Jesus Cristo, que há de julgar os vivos e os mortos". Já que nos referimos a este texto muitas e muitas vezes, deveríamos levar o mandamento a sério. Em algum momento, temos de pôr de lado as opiniões dos homens e pregar o que sabemos com os dons que temos diante de Deus. Caso contrário, tudo o que temos é uma idolatria mais respeitável.

> *Os pregadores que temem os homens estão mais preocupados com o que as pessoas pensam sobre o que pregam do que com o que Deus pensa sobre o que pregam. Estão mais preocupados com as expectativas humanas caídas quanto ao que pregam do que fracassar com as expectativas do Espírito Santo quanto ao que pregam.*[12]

É difícil pregar com as mãos em torno da garganta

Durante anos, minha pregação era tosca e desajeitada. Era como ter quarenta anos e usar um terno que me servia quando eu tinha vinte. Ao longo dos anos, sem perceber, eu encorpara. A maioridade no ministério é normal. Acontece com todo mundo. Eu mudara como pregador e como pastor. O

---

[12] Greg Heilser, *Spirit Led Preaching: The Holy Spirit's Role in Sermon Preparation and Delivery* (Nashville: Broadman &Holman, 2007), p. 148.

que antes servia agora estava apertado e, ao olhar para trás, vejo isso claramente. Eu era uma caricatura do que me disseram que um pregador deveria ser. Eu era fiel ao texto, mas não estava livre para pregar. Era como a frustração que sentimos quando pregamos por meio de um intérprete; quando a profundidade do amor se perde na tradução. É difícil e antinatural.

Devido à minha formação fundamentalista, minha posição de retirada sempre era incendiar o homem de palha. Era, muitas vezes, o "profeta irado". No entanto, isto não era consistente com o que eu era fora do púlpito. Geralmente falando, sou uma pessoa do povo e um pastor de coração. Gosto de me misturar com a congregação em todos os tipos de níveis. A igreja é a minha vida e as pessoas que vejo todos os domingos são meus amigos queridos. Nossa afinidade é um grande dom de Deus. Porém, havia uma desconexão entre minha experiência na prática e minha experiência no púlpito. Não me entenda mal! Há hora e lugar para o tom admoestatório. É parte crítica de defender a verdade e proteger as ovelhas. A exposição consecutiva leva a esses tipos de mensagens e ênfases. Tenho, definitivamente, esse sistema de mecanismo. Só que nem toda passagem tem esse tom e destaque. Dependendo da passagem, o pregador tem de chorar, alegrar-se, rir ou arrepender-se. É a natureza da pregação expositiva. Mas eu, por outro lado, agia assim muito raramente.

A chegada dos anos foi extremamente frustrante, quando então vim a entender o problema. Eu estava tentando ser outra pessoa. Mais especificamente, estava tentando agradar as pessoas. Se era para eu pregar, eu tinha de ficar à vontade comigo mesmo. Quando ficava, todas as ideias preconcebidas ruíam, e quando isso acontecia, minha congregação notava, minha esposa notava, eu notava. E esta foi a minha libertação. Certo pregador captou com precisão a essência dessa transformação:

> *O mais importante aspecto do estilo do pregador é a autenticidade. Quando comecei a pregar, pensei que meu "estilo" tinha de ajustar-se a determinada categoria. Assim, imitava alguns dos meus pregadores preferidos. Estava constantemente me reinventando. Por fim, tive de encontrar meu próprio estilo e ficar com ele. Isso significava que havia uma coisa a menos para eu criar.*

> *Tive de perceber que Deus me deu uma personalidade única e Ele pretendia utilizá-la de maneira original.*[13]

Agora, sei exatamente o que ele disse. Entender isso foi uma caminhada longa e penosa.

Algumas experiências específicas levaram-me à liberdade. A experiência tem uma maneira própria de ensinar o que a teoria não consegue. A experiência mais dramática ocorreu quando fui convidado para pregar em um culto na capela de minha *alma mater**. Um enorme privilégio. Naturalmente, quis fazer um bom trabalho para meus professores. Quando olhei a audiência na capela, as pessoas nas três primeiras filas eram alguns dos indivíduos mais inteligentes do planeta. As pessoas sentadas nas quinze filas restantes pensavam que eles fossem. Um lugar *ligeiramente* intimidante! E o resultado? Em suma, foi um fracasso. Digamos apenas que é difícil pregar com as mãos em torno da garganta. Quando me levantei, tudo que consegui ver eram notas e avaliações olhando fixamente para mim. A pressão era tão palpável que perdi toda a confiança na mensagem e nos meus dons. Engasguei ali bem em frente do mundo.

Você já viveu o momento em que percebe que a agonia no rosto das pessoas da audiência é o resultado de elas verem a agonia no seu? Foi o que vi. Não me lembro de tudo o que falei, mas me lembro do que percebi. Naquele momento, a verdade se estabeleceu: todos esses anos eu estivera pregando para a opinião das pessoas. Foi revelador. Foi doloroso. Eu estava perdido. Eu não fazia ideia do que deveria ser como pregador. Fui criança interior por cerca de três meses.

Você não pode pregar o que não sabe

Há muitos livros escritos sobre o bloqueio de escritor. Que ironia! Um escritor que teria a maior probabilidade de ter um caso grave de bloqueio de escritor, enquanto fala eloquentemente sobre o bloqueio

---

[13] Voddie Baucham, "Ten Questions for Expositors", Unashamed Workman, http://www.unashamedworkman.wordpress.com/2007/04/18/10-questions-for-expositors-voddie-bauckham (acessado em fevereiro de 2009).

* N. do T.: A faculdade em que o autor estudou.

de escritor. Quem fica inspirado por tempo suficiente para terminar de escrever um livro a esse respeito? O bloqueio de escritor é aquele lendário fenômeno que tolhe o fluxo criativo. Incapaz de encontrar inspiração, para de escrever. É a famosa cena mostrando um homem batendo a cabeça num teclado em busca da próxima ideia ou palavra. Quase todo escritor, seja aspirante ou talentoso, já sofreu disso em algum momento. Ou assim pensava eu. Conheci um escritor famoso que alegava nunca ter sofrido com isso. Nunca. Isso me surpreendeu. Tendo em conta os numerosos escritores talentosos que o admitem, sua afirmação soava arrogante. Até que ouvi a explicação. Seu raciocínio mudou minha opinião e iluminou minha perspectiva sobre escrever e pregar. Ajudou-me, também, a entender o que aconteceu na capela naquele dia fatídico.

Segundo ele, o segredo é saber o que *não* escrever. O bloqueio de escritor não é falta de ideias, mas falta de conhecimento acerca de quem você é, incluindo dons e limitações. O bloqueio de escritor é escrever acima de sua capacidade, e não o esgotamento de ideias. Uma vez que você exceda suas limitações, acabará se esforçando para saber o que dizer. Por isso, a comunidade literária refere-se ao bloqueio de escritor como o "fracasso do ego". No ramo da pregação, chamamos de orgulho. O bloqueio de escritor ocorre no momento em que a ambição excede a capacidade. Você tem de conhecer a si mesmo antes de saber o que escrever. Caso você saiba quem você é, saberá, então, o que escrever e o que não escrever. É contraintuitivo, mas compreender seus limites não prejudica a eficácia. Libera-a. Conforme você fica à vontade consigo mesmo, a confiança em suas habilidades aumenta.

O mesmo se aplica na pregação, sobretudo na entrega da mensagem. Conhecer suas limitações é o ponto de partida. A pessoa tem de encontrar o seu estilo (e a si mesmo) para pregar com liberdade de convicção cega às opiniões dos outros. Você não pode visar ser uma versão do pregador que você mais admira. Sei que isso parece contraditório em um livro que defende os elementos estilísticos de vários pregadores expositivos, mas pense comigo. O pregador tem de confiar e usar a convergência da clareza bíblica, a confiança nos dons de Deus e a lista detalhada da experiência pessoal em sua vida para pregar com autenticidade. Você é quem você é. Você tem de abraçar e sentir-se confortável com o que Deus lhe presenteou. Sinclair Ferguson refere-se a isso como a voz da pregação: "É a nossa abordagem à pregação que a torna autenticamente 'nossa' pregação e não uma imitação servil de outra pessoa."[14] E prossegue emitindo esta exortação:

> *Não devemos nos tornar clones. Alguns nunca crescem como pregadores, porque o "terno da pregação" que pegaram emprestado não serve neles ou nos seus dons. Ao invés de nos tornarem proeminentes pregadores expositivos, ou pregadores redentores-históricos, ou pregadores centralizados em Deus, ou qualquer que seja seu herói, podemos nos amarrar em nós mesmos e pôr em perigo nossos dons exclusivos, tentando usar o paradigma, o estilo ou a personalidade de alguém como molde no qual nos espremer. Nós nos tornamos menos do que nosso verdadeiro eu em Cristo. O casamento de nossa personalidade com o estilo de pregação do outro pode ser a receita para ser maçante e sem vida. Portanto, vale a pena gastar tempo de forma contínua para tentar avaliar quem e o que somos como pregadores em termos de pontos fortes e fracos.*[15]

Estava discutindo este conceito com um colega, quando o nome de Chuck Swindoll surgiu. Os rumores diziam que a descoberta de seu estilo de pregação foi um momento revelador no ministério de Swindoll. Se um homem com tal eficiência óbvia como comunicador bíblico colocara valor tão alto sobre esta epifania, convinha me prestar atenção. Pedi-lhe que elaborasse. Foi esta a resposta:

> *A comunidade literária refere-se ao bloqueio de escritor como o "fracasso do ego". No ramo da pregação, chamamos de orgulho.*

> *Vi de certa forma plena meu "estilo" exclusivo e me senti bem em deixá-lo revelado de modo natural e autêntico. Em outras palavras, não tentei "ser" ou "parecer" ou "ser semelhante" a qualquer outro pregador. Assim que a pessoa se sente bem com isso, ela está*

[14] Sinclair Ferguson, "Finding Your Own Voice", Unashamed Workman, http://www.unashamedworkman.wordpress.com/2007/09/18/finding-your-own-voice (acessado em fevereiro de 2009).
[15] Ferguson, "Finding Your Own Voice".

verdadeiramente liberta, livre das garras das expectativas e/ou comparações das pessoas. Cada porta-voz de Deus é levantado, moldado e usado por aquEle que nos chamou para o ministério. Ser quem sou sem disfarce e sem hipocrisia traz liberdade quando prego.[16]

Outro pregador que entrevistei disse que a voz da pregação é a amplificação da personalidade do pregador na apresentação da verdade. Levando em conta a discussão acima, esta descrição faz sentido imediato. O "estilo" de determinado pregador tem de incluir a ampliação de quem ele é como pessoa. A famosa descrição de pregação feita por Phillips Brooks se encaixa bem aqui: "A verdade mediada pela personalidade". Caso o pregador tente ser alguém ou algo que não é, a entrega da mensagem não será autêntica e ele mostrará falta de integridade. Matt Chandler, pastor da Village Church, chegou ao ponto de chamá-lo de pecado.

É pecado você ser alguém que não é. É um coração perverso e ingrato que diz "quero que o meu papel seja este" ou "quero que o meu papel seja aquele" ou "quero que o meu manto seja este" ou "quero que o meu grupo de seguidores seja este". Trata-se de coração perverso que não corre a carreira que lhe foi designada. Trata-se de coração perverso o fato de você não se sentir bem com o que Deus o chamou para fazer. Trata-se de coração perverso o fato de você não se sentir bem com o modo que Deus fez você.[17]

A "voz" do pastor envolve a pessoa inteira, não apenas sua voz literal. Inclui suas convicções entranhadas e a disposição geral da alma. Uma vez que você pregue as convicções de outra pessoa, as suas ficarão frustradas. Caso esteja tentando imitar outro estilo, você nunca encontrará o seu. Você é o pastor de sua congregação. Por isso, eles dependem não só de sua clareza na exposição, como também de seu amor pelas verdades que expõe. Quanto maior sua liberdade para expressar isso na pregação, maior será o impacto.

---

[16] Chuck Swindoll, carta ao autor, 28 de maio de 2009.

[17] Matt Chandler, "Hebrews 11", Southern Theological Seminary, http://www.sbts.edu/resources/chapel/chapel-fall-2009/hebrews-11 (acessado em 18 de fevereiro de 2010).

> *Em nível intuitivo, os pregadores experientes sabem que o que conta como autenticidade para os ouvintes tem tanto a ver com a expressão de sua persona pastoral quanto com o que dizem. Os frequentadores da igreja, em sua maioria, veem as paixões, convicções, interesses, questões, sensibilidades e afirmações do seu pastor como perspectivas familiares que refletem a identidade da pessoa como pessoa de fé. Ao longo do tempo, o que fica comunicada na melhor pregação é a autenticidade do pregador.*[18]

A congregação sabe quando você é você. Sabe quando você está apenas dizendo algo e quando você tem algo a dizer. A congregação fica animada quando vê o impacto da verdade na vida de seu pastor. Isso tem de atingir você primeiro. Como o som se propagando por determinado espaço, o sermão é o impacto da verdade na vida do pregador, abrindo caminho pela distância de uma semana. Quando ela chega ao ouvido e coração das pessoas no domingo, é tremendo.

Os pregadores que chegam a esse tipo de liberdade descobrem uma energia recém-descoberta. Não apenas em sua pregação, mas também em seu amor pelo ministério. Produz um renovado entusiasmo pela chamada e um otimismo contagiante no coração das pessoas.

Fundamentalmente, o pregador deve *estudar*, *preparar-se* e *pregar* com um desrespeito santo pelas preferências das pessoas. Repito, não estou incentivando algum tipo de rebelião infantil contra as normas. O que quero incentivar é uma convicção central. Quando se trata de estilo na entrega da mensagem, não há normas.

A *entrega da mensagem é tão diversa quanto as personalidades que pregam.* Esta afirmação deveria nos deixar um pouco nervosos. Deixe-me, então, acrescentar a ressalva que, provavelmente, está flutuando em sua mente. Há elementos que precisam estar no lugar para a pregação qualificar-se como *bíblica*: o método interpretativo apropriado, a explicação exata da passagem e a aplicação adequada. Isso é verdade, sem exceção. A combinação destes elementos produz um tom semelhante em cada sermão verdadeiramente expositivo. Entretanto, isso não significa que todos os sermões ou pregadores expositivos soarão os mesmos. Se soarem, algo está errado.

---

[18] Robert Stephen Reid, *The Four Voices of Preaching: Connecting Purpose and Identity Behind the Pulpit* (Grand Rapids: Brazos Press, 2006), pp. 16-17.

Onde começar: Respondendo uma pergunta importante

Há muitos expositores notáveis que admiro. No decorrer deste projeto, tive o privilégio de me encontrar e dialogar com muitos deles. Ouço-os pregar regularmente. Parte da minha pesquisa envolvia ouvir inúmeros sermões de quase todos os pregadores imagináveis. Durante essas centenas de sermões, notei uma coisa. Aqueles de que mais gostei e cujas mensagens causaram o maior impacto em mim tinham estilos muito divergentes. Nenhum era exatamente o mesmo estilisticamente. Ainda que todos se classificassem no mesmo campo teológico básico (evangélico conservador) e fossem do tipo expositivo, todos foram extremamente diferentes na entrega da mensagem. Apesar da diversidade, senti-me naturalmente atraído por algo relacionado a esses pregadores. O que era? Era a integridade com a qual comunicavam. Os *insights* e ênfases foram o produto de quem eles eram como cristãos e pastores. Os elementos estilísticos eram secundários em comparação ao poder da sinceridade. Todos tinham uma característica estilística central: a voz.

Você sabe quando ouve: se um sermão é a descarga de um peso ou a entrega urgente da verdade. Não é só porque você acredita no que o pregador está dizendo. É, também, porque você acredita no quanto ele quer que você acredite no que ele está dizendo. Ou talvez seja o fato de que ele não se importa se você aceita o que ele tem a dizer; ele tem de dizer. É o tipo de entrega da mensagem que faz você esquecer o tempo. Quando acaba, você conhece a passagem. Quando termina, você gostaria que não tivesse terminado. Tudo vem junto em uma invejável combinação liberada de veracidade, transparência, exegese, *conhecimento*, convicção e amor. É mais do que um discurso bem elaborado. O que você acabou de ouvir foi a verdade bíblica fluindo como um rio através do coração e da alma do pregador.

A questão é: como chegamos a esse nível na pregação? Como empurramos nossa pregação para acima até transpor o monte? Por onde começamos? Recomendo começar com uma pergunta essencial. Uma pergunta que apresentei a todos os pregadores que mais admiro. Foi a primeira pergunta e, às vezes, a única que fiz a todos que entrevistei. Como se constatou, os pregadores que eram mais naturais por trás do púlpito tinham uma resposta concisa e imediata. Os outros não. Ter esta resposta é o primeiro e, possivelmente, o último passo para determinar quem você é como pregador. Então, lá vai:

Quando você se coloca atrás do púlpito, o que você pretende fazer? Sei que a resposta parece simples, mas não é. Você deve estar pensando: "Pregar a Palavra!". É claro, "pregar a Palavra!" Só que você não estaria lendo este livro se não estivesse querendo melhorar em algo. A sua exegese não é o problema. O que você quer dizer é: "Explicar a Palavra!" Não é exatamente a resposta que esta pergunta busca. Esta pergunta visa a entrega autêntica, não meramente a exegese exata. Permita-me dar algumas respostas mais patenteadamente fora de cogitação.

Resposta: Explicar com precisão a verdade para o povo de Deus.

Réplica: Sabemos que você deseja apresentar fielmente a verdade através de sua explicação. É evidente pela exposição consecutiva que você faz. Essa não é a questão.

Resposta: Defender a verdade.

Réplica: É claro. Faz parte de seu papel como pregador. Porém, não é uma definição exaustiva de pregação. Essa não é a questão.

As respostas acima representam sentenças teológicas que jazem sob nossa pregação. Se você tem a tendência a responder de forma semelhante, é provável que não entendeu a pergunta. Deixe-me esclarecer.

Cremos que a Bíblia é de origem divina. Cremos nisso, portanto, também cremos que a Bíblia é verdadeira, literal, infalível e sem erros. Cremos também que ela deva ser explicada com precisão. Além disso, cremos que só o poder do Espírito pode traduzi-la e transformar vidas por meio dela. Cremos firmemente que nossa responsabilidade é apresentá-la sem distorção. O que estou perguntando presume tudo isso e, depois, vai além.

Agora, reconsidere a pergunta. Conhecendo e crendo nisso tudo, quando você prega, qual é o seu principal objetivo? "Quando prego, o meu objetivo principal é ______________________". É uma pergunta muito mais contextualmente impulsionada e pessoalmente penetrante do que você imagina. Pode gerar uma série de outras perguntas, tais como:

O que você quer realizar com a precisão da sua exegese, a clareza da sua explicação e o uso dos seus dons?

O que você quer produzir com a apresentação da verdade?

O que você quer ajudar a realizar através da exposição da Palavra?

Para você, o que constitui uma entrega bem-sucedida e autêntica da Palavra de Deus?

A resposta está atada aos fundamentos teológicos e capacidades/convicções pessoais que Deus lhe deu. A resposta à minha pergunta original (quando você prega, qual é o seu principal objetivo?) vai ao cerne de quem você é como pregador. Se você responder honestamente, perceberá uma de duas coisas. Primeiro, você descobre que seu estilo atual e a entrega da mensagem não combinam com o seu coração e com quem você é como pastor. Há uma disparidade embaraçosa. Segundo, ou você descobre que existe uma maior harmonização de convicção e estilo do que já tinha percebido.

O que descobri ao colocar esta pergunta a pregadores experientes foi a correspondência entre a resposta e o que eram como indivíduos. As respostas foram representações precisas de quem eles eram como pregadores. Descrevia-os corretamente em termos estilísticos. Aqui estão alguns exemplos:

John Piper: "Exultação expositiva."[19]

John MacArthur: "Tudo o que quero é ser claro."[20]

Chuck Swindoll: "O objetivo primordial, todas as vezes, é dar a glória a Deus. [...] Especificamente relacionado com a pregação está ajudar as pessoas a perceber como é relevante a Palavra de Deus. Não sou eu que a torna relevante. [...] Minha tarefa é ajudar as pessoas a verem a sua relevância."[21]

Allister Begg: "Quando você se coloca atrás do púlpito, o seu principal objetivo é anunciar Cristo com clareza, convicção e compaixão."[22]

C. J. Mahaney: "Quando você preparar os sermões, certifique-se de que, em algum momento, você dê à igreja uma visão clara do Calvário. Mantenha este marco firmemente à vista."[23]

Independentemente de você gostar de seus estilos particulares ou não, as respostas representam com precisão o impacto da pregação que fazem. Em outras palavras, a pregação é autêntica. Sabem quem são e como Deus os capacitou. É essa autenticidade que Deus usa para realizar sua obra no coração do seu povo. É a coerência entre as perso-

---

[19] John Piper, "What I Mean by Preaching", Desiring God Ministries, http://www.desiringgod.org/Blog/1792_What_I_Mean_by_Preaching (acessado em fevereiro de 2009).

[20] John MacArthur, em entrevista ao autor, Nashville, Tennessee, 6 de fevereiro de 2009.

[21] Chuck Swindoll, em mensagem de e-mail ao autor.

[22] AllisterBegg, em mensagem de e-mail ao autor, 12 de maio de 2009.

[23] C.J. Mahaney, em mensagem de e-mail ao autor, 4 de agosto de 2009.

nalidades e as respectivas entregas de mensagem que atrai as pessoas e dá à Palavra de Deus uma plataforma no seu ministério.

Podemos ser tentados a ouvir esses pregadores e imitar o que fazem estilisticamente. É erro crasso. O que você está ouvindo e ao que você está sendo atraído é a liberação do estilo desses pregadores. Você tem de encontrar o seu estilo. Não faça isso vendo alguém exercer o dele. Você tem de achar a resposta por si mesmo e isso requer coragem.

Então, agora é a sua vez de responder a pergunta.

Não preciso de quinze horas para preparar um sermão. Eu o preparo em meia hora. Preciso de quinze horas para entender o texto com clareza. É difícil ir direto à questão da clareza. Você tem de ser impulsionado para compreendê-la. Mas se você sobe ao púlpito com um entendimento substancialmente claro, isso causa um profundo efeito sobre o que você prega.

– JOHN MACARTHUR

Capítulo Dois

Clareza e o Poder da Descoberta

Tendo iluminados os olhos do vosso entendimento, para que saibais qual seja a esperança da sua vocação e quais as riquezas da glória da sua herança nos santos e qual a sobreexcelente grandeza do seu poder sobre nós, os que cremos, segundo a operação da força do seu poder. (*Ef* 1.18-19)
– O *Apóstolo Paulo*

Refletir significa pensar em algo a tal extensão que traga algum tipo de realização – um momento de descoberta. Toma uma ideia e vive com ela até que esteja ardendo dentro de nós. Exige uma pergunta e, como Jacó que lutou com o anjo, não a deixe ir até que alguma forma de resposta surja.[1]
– James Emory White

O ponto no qual todo sermão começa

Sermões não começam quando o pregador começa a pregar, mas quando ele começa a entender. Sermões nascem no fundo dos rigores do estudo, longas horas antes de a "forjadura da palavra" se tornar uma questão. É a descoberta pela qual vivemos, não apenas a entrega da mensagem. Estudamos não só para entender os fatos bíblicos, mas

---

[1] James Emory White, *A Mind for God* (Downers Grove: IVP, 2006), p. 65.

também para forçar a entrada da verdade, pela iluminação do Espírito Santo, profundamente nas fendas de nossa alma. Ansiamos pelas epifanias que nos levem de ouvir para ver; um momento de realização, que funciona como força gravitacional, atraindo todos os nossos fatos dispersos em um todo compreensível e simples. Esse momento é a sublime alegria da vida do pregador. Quantas vezes, depois de escavar por horas, ainda sentados, recuamos da mesa de estudo em um estupor pasmado? Chegamos frente a frente com um pensamento que todos os outros pensamentos existem para apoiar. A partir deste momento, todos os detalhes independentes que descobrimos – pano de fundo, sintaxe, contexto, definições, teologia –, começam a se unir uns aos outros. Vemos a imagem em mosaico. O sermão de domingo entra em modo de exibição. É o momento da descoberta. É quando os detalhes e a entrega da mensagem se conhecem primeiramente. Como disse um pregador de antigamente: "As meditações que em tal sentido são nossas, que estão um pouco mescladas com nomes, autoridades, citações e pensamentos e palavras de outras pessoas são mais valiosas para nós e mais úteis para os outros. Vale a pena aguardar por elas."[2]

Não há dúvida de que a entrega da mensagem é desgastante. É a espremedura de nossa alma. Todas as coisas que passei a semana reunindo saem com força em um momento. Como Paulo disse: "Eu, de muito boa vontade, gastarei e me deixarei gastar pelas vossas almas" (2 Co 12.15a). Quem somos, especialmente nossa ineficiência, está à vista para o mundo ver. É uma dolorosa transparência de vida que a maioria nunca irá experimentar. Quando o sermão acaba, estamos acabados, exauridos. Pessoalmente, ando por aí atordoado como alguém retirado dos destroços de um acidente quase fatal, milagrosamente ileso. "O que aconteceu?", "Como cheguei aqui?" De forma inconcebível, abaixo a cabeça e embrenho-me pela mesma rota com o mesmo fim na próxima semana. Isso me faz lembrar a definição popular de insanidade: Fazer a mesma coisa repetidamente, esperando um resultado diferente. Tem de haver uma coisa como um chamado. Caso contrário, somos loucos varridos.

---

[2] James W. Alexander, *Thoughts on Preaching* (Edinburgh: Banner of Truth Trust, 1988), p. 60.

Diga uma coisa boa

Por mais exaustivo que a entrega da mensagem seja, chegar ao evento da pregação é, inexplicavelmente, mais difícil. (Se não for, há algo de errado em sua definição de pregação.) Dizer algo é uma disciplina que exige cada grama de energia que temos. Contaram-me que são necessários três quartos de tanque de combustível do ônibus espacial para colocá-lo no espaço. O quarto restante é mais que suficiente para guiá-lo pelo espaço e para trazê-lo para casa. Verdade ou não, é excelente descrição da semana do pregador. A maior parte de nossa energia é gasta rompendo a força gravitacional de nossa ignorância. Uma vez que escapamos de seu alcance, as coisas vêm um pouco mais fáceis.

Faz quinze anos que ensino leigos em hermenêutica e homilética. Desenvolver líderes e professores é ministério fundamental da igreja. Atualmente, existem na comunidade quarenta a cinquenta irmãos capazes que, com a menor quantidade de orientação, podem ensinar eficazmente a Bíblia em uma classe de escola dominical ou em um grupo de irmãos reunidos em casa. Por "eficazmente" quero dizer que não vão matar de tédio as pessoas ou, involuntariamente, defender uma antiga heresia condenada por um concílio da igreja do século IV.

Todos os alunos que entram no curso de pregação enfrentam um trabalho final intimidante. Uma mensagem de quinze a vinte minutos entregue aos seus colegas em ambiente de laboratório. Assim que terminam, inicia-se uma revisão do sermão pelo mesmo público. É um lugar extremamente assustador. Horroroso mesmo. Faço apenas uma exigência: digam uma coisa. Digam-na e fundamentem-na no texto. Digo-lhes: "Se você se levantar dizendo seja o que for que você queira e, em seguida, dizê-lo de determinada passagem, dou-lhe um A. Não me importo com habilidade em oratória ou com qualquer outra característica desejável de homilética. Apenas faça isso e você ganha um A." Vou tão longe quanto ajudar os alunos a trabalhar os textos e a desenvolver a tese. Eu coloco a bolinha de golfe no suporte apropriado para a tacada, coloco o taco na mão e digo-lhes qual é o alvo. Eles só têm de dar a tacada. Não me importo se a bolinha acabar no tope das árvores ou percorrer apenas três metros. Conquanto que ela não esteja no suporte onde a deixei. Até hoje, ninguém ganhou um A. É incrivelmente difícil de fazer. Segundas chances são oferecidas livremente e distribuídas liberalmente, porém requer algumas tacadas. Qual é a verdadeira lição? Não é tão fácil como parece.

Eu diria que a simplicidade é o objetivo final da pregação expositiva. Torne a verdade clara e evite confusão. Dito de outra forma: Diga uma coisa. Isso requer disciplina, tempo e prática. Esta simplicidade digerível é um traço-chave nos pregadores mais talentosos do nosso tempo. O fato é que a boa pregação não acontece por acaso, mas também não está reservada para os excepcionalmente capacitados. Pensar diferentemente é negar o testemunho da Bíblia sobre a verdadeira origem da eficácia na pregação e na entrega da mensagem.

Todos os alunos que entram no curso de pregação enfrentam um trabalho final intimidante [o sermão]. Faço apenas uma exigência: digam uma coisa. Digam-na e fundamentem-na no texto.

E eu, irmãos, quando fui ter convosco, anunciando-vos o testemunho de Deus, não fui com sublimidade de palavras ou de sabedoria. Porque nada me propus saber entre vós, senão a Jesus Cristo e este crucificado. E eu estive convosco em fraqueza, e em temor, e em grande tremor. A minha palavra e a minha pregação não consistiram em palavras persuasivas de sabedoria humana, mas em demonstração do Espírito e de poder, para que a vossa fé não se apoiasse em sabedoria dos homens, mas no poder de Deus. (1 Co 2.1-5)

Não me entenda mal. Os pregadores em nossos conjuntos são capacitados, mas o que você ouve não acontece da noite para o dia. Seu repertório está cheio de "fracassos" como os nossos. E são Muitos. Então, console-se com os fracassos deles. Mas saiba, também, que os pregadores, cuja entrega da mensagem sai sem esforço e cujas explicações são muito fáceis de entender, trabalharam muito duro para fazer com que isso aconteça. E fazem assim não apenas nessa determinada semana, mas ao longo de anos. Mais direto ao ponto, nos sermões individuais, o trabalho mais duro sempre ocorre dias antes de ser entregue. Geralmente, é em uma área muito específica: o pensamento. Como disse alguém: "Se o pregador não souber ou puder pensar com clareza, de modo que ele diga o que quer dizer, então ele não tem futuro no púlpito."[3]

A disciplina mental necessária para pensar as realidades divinas e compreendê-las em nível profundo é diferente de qualquer outra. Baseado no que pude observar, se você quer melhorar o que prega, comece com o que pensa.

Pregos bem fixados

Os pregadores expositivos notáveis de nossos dias compartilham traços comuns: disciplina mental eficiente e determinada capacidade de reflexão. Como disse Salomão, eles *examinam*. Pensam realmente bem e com profundidade. Não é a nuance finamente delineada que cria a dinâmica invejável em sua apresentação? Têm a capacidade de focar a mente em um tópico ou verdade singular pela duração de tempo necessária para penetrar o óbvio e desencavar o profundo. Quando entregam as pregações, têm o efeito de "pregos bem fixados".

Não é raro ouvir que pregadores expositivos passem quinze a vinte horas por semana trabalhando o texto. Em nossos círculos, tempo gasto em estudo não é aceito como verificação de verdadeiro compromisso. Em alguns casos infelizes, este conhecimento não ajuda, apenas fazendo com que a congregação fique imaginando o que foi feito durante todo esse tempo. Sem dúvida, o estudo diligente é louvável. Mas é apenas parte do que torna boa a pregação. Não importa se você passou quinze ou vinte horas de estudo. A verdadeira pergunta é: "O que você fez durante essas horas?"

> *É grande erro supor que a mente não está fazendo progresso e adquirindo conhecimento, quando não está conversando com os livros. É um dos erros dos versados em livros. Há pausas no meio do estudo e até pausas que parecem ociosidade, nas quais o progresso avança semelhantemente à digestão dos alimentos. Nesses períodos de repouso, as forças reúnem-se para novos esforços, como a terra abandonada que se recupera para ser lavrada.*[4]

[3] Haddon W. Robinson, *Biblical Preaching: The Development and Delivery of Expository Messages* (Grand Rapids: Baker, 1980), p. 39. [Edição brasileira: *Pregação Bíblica: O Desenvolvimento e a Entrega de Sermões Expositivos* (São Paulo: Shedd Publicações, 2008).]

[4] Alexander, *Thoughts on Preaching*, p. 63.

Seus comunicadores bíblicos preferidos são talentosos em contemplação. O uso que fazem do tempo é o que faz a maior diferença entre a pregação deles e a nossa. Horários de estudo e processos variam de um pregador para outro, mas em todos os casos, uma coisa é a mesma: qualquer coisa relacionada à vida é organizada de modo a dar a máxima atenção ao pensamento central que está sendo entregue ao povo de Deus em determinada semana. A abordagem pessoal é bem planejada, e a programação é tenaz e zelosamente protegida. Não é porque sejam antissociais, mas porque entendem que a contemplação de Deus é sua maior responsabilidade e o principal meio pelo qual amam a congregação. Como resultado, preocupam-se intensamente em criar espaço para reflexão. Uma parte do tempo é gasto reunindo dados bíblicos; o equilíbrio é gasto focando o coração na aquisição da intenção, importação e aplicação autoral do texto para suas vidas e a vida da congregação. Tese e argumento rolam pela cabeça e pelo coração como uma ruminação espiritual. O que estão procurando (e sabem como encontrar) é o núcleo. Certo escritor descreve sucintamente como é isso.

> *Encontrar o núcleo significa descascar uma ideia até à sua essência crítica. Para chegar ao núcleo, temos de eliminar elementos supérfluos e tangenciais. Porém, esta é a parte fácil. A parte mais difícil é eliminar as ideias que podem ser realmente importantes, mas não são a ideia mais importante.*[5]

Do começo ao fim, nunca param de refletir e capinar esse núcleo. Mesmo depois que a mensagem foi entregue, ainda estão processando os pensamentos. Não se trata de entrada e saída. A verdade tornou-se parte da essência de sua alma. Os resultados são inegáveis. Estas pessoas sabem pregar.

Para deixar claro, não é a complexidade que se destaca; é a simplicidade. (Muitas vezes, as pessoas mais inteligentes que conheço são as mais difíceis de entender). A razão de estes comunicadores talentosos serem ouvidos pelos frequentadores de igreja medianos e pelo coração

---

[5] Chip Heath and Dan Heath, *Made to Stick: Why Some Ideas Survive and Others Die* (New York: Random House, 2007), p. 28. [Edição brasileira: *Ideias que Colam: Por que Algumas Ideias Pegam e Outras Não* (Rio de Janeiro: Campus, 2007).]

dos discípulos de Cristo, não é porque oferecem pensamentos complexos. É porque tornam esses pensamentos complexos acessíveis.

As percepções mais profundas dessas pessoas são, em geral, o resultado da reflexão determinada. É por isso que ficamos impressionados pelas coisas óbvias que eles destacam. Coisas realmente óbvias. Coisas que nunca pensamos. Coisas que deveríamos ter pensado. Coisas que queríamos ter dito. Quando ouvimos a pregação, costumamos dizer coisas como: "Nunca pensei dessa forma". Seria mais correto dizer: "Nunca gastei tempo para pensar dessa forma". O quociente de inteligência e os dons não são os fatores distintivos (geralmente). A diferença é a disciplina da mente. Que lição extraímos? A clareza pessoal é indispensável para a pregação expositiva eficaz.

John F. MacArthur

O mais Extraordinário Pregador Expositivo Inteligente que Conheço

A clareza é o objetivo mais importante da vida do pregador. É por causa da natureza das Escrituras em si. As Escrituras têm o desígnio de revelar. Afirma sua própria clareza. Portanto, o elemento mais fundamental da comunicação bíblica é a clareza. Nada acontece sem a ela.[1]
– John F. MacArthur

Muito cedo na vida cristã, alguém me deu uma "fita de MacArthur". Esse momento foi a graça de Deus em minha vida. Não me lembro exatamente quem me deu, mas se eu tivesse a oportunidade de agradecer-lhe, não há maneira de descrever como foi importante aquela fita cassete. Foi crucial para minha formação espiritual e minha chamada para o ministério. Apresentou-me à pregação. Tenho centenas de cassetes para provar.

Como tem acontecido com muitos, "John" tornou-se meu pastor. Sua pregação tornou a verdade simples. No auge do seu talento, ele é muito fácil de ser compreendido. Seus sermões e ideias moldaram muito do que entendo que significa ser crente. Meu desejo de pregar foi fortemente influenciado pela presença de John no púlpito. Naquela

[1] John MacArthur, em entrevista ao autor, Nashville, Tennessee, 6 de fevereiro de 2009.

época, eu queria fazer o que ele fazia: explicar a Bíblia com clareza. Era, então, e permanece até hoje o melhor exemplo de pregador expositivo que conheço. Se John é algo, ele é claro. Não é por acaso; está no centro de sua ambição e vocação de vida.

Muitos pregadores frustram-se e abafam seu estilo procurando imitar seus heróis da pregação. Há algo de hipócrita quanto a um clone. Se tivesse de adivinhar, diria que há mais imitações do estilo de John que qualquer outro. Acredite em alguém que tentou fazê-lo em meus primeiros dias, porque ninguém vai confundi-lo com John MacArthur. Seu mp3s deveriam trazer este aviso: "Sermão entregue por profissional. Não tente fazer isso sozinho". Há apenas um MacArthur.

Entretanto, isso não quer dizer que não devemos imitá-lo. Há características em sua pregação que devemos incorporar na nossa: seu amor por demonstrar a suficiência das Escrituras através do próprio ato de pregar, sua diligência, sua coragem. Todavia, se há uma característica única na pregação de John que todo pregador deve desenvolver na sua é a clareza. Sentei-me com ele durante um final de semana e tentei entrar na sua cabeça a respeito do assunto. No processo, ele entrou na minha e reorganizou minhas prioridades homiléticas.

A importância de descobrir sozinho

> *Não preciso de quinze horas para preparar um sermão. Eu o preparo em meia hora. Preciso de quinze horas para entender o texto com clareza. É difícil ir direto à questão da clareza. Você tem de ser impulsionado para compreendê-la. Mas se você sobe ao púlpito com um entendimento substancialmente claro, isso causa um profundo efeito sobre o que você prega.*[2]

Há uma razão para John MacArthur soar como autoridade nos vários assuntos que ele trata quando prega. No momento em que termina a preparação, geralmente está pronto. Sua pesquisa é lendária. Algumas das ideias que ele produz no meio das pregações expositivas são fascinantes. Como quando John expôs o Salmo 23. Foi como assistir ao

---

[2] MacArthur, *Entrevista*.

Learning Channel. Tudo que você sempre quis saber sobre ovelhas. Um pastor profissional da Nova Zelândia também estava presente. Quando John terminou, esse pastor disse:

– Tive de percorrer um longo caminho vindo do deserto para chegar aqui à metrópole de Los Angeles a fim de aprender uma coisa nova acerca dum assunto sobre o qual pensei que sabia tudo.

De onde tudo isso provém? Segundo ele, é simples. É o resultado de um insaciável desejo de entender a Palavra de Deus sozinho. Todos esses sermões notáveis são o resultado de uma pergunta básica: "O que a Bíblia quer dizer por aquilo que ela diz?" Seu amor pela Palavra de Deus é palpável. Sente-se para ouvi-lo e você pensará que ele é recém-convertido. Ele surge como uma daquelas pessoas que gostamos de ter na igreja, aquela cuja fome e entusiasmo vigilante pelo Senhor e sua Palavra ainda não foram anuladas pelo "denominacionalismo". O coração de MacArthur ainda arde intensamente (Lc 4.32) após todos esses anos. Esperava aprender algo sobre pregação e certamente aprendi, mas também saí com uma impressão profunda de sua vida. O homem ama Jesus Cristo, portanto, estuda-o. Não há nenhuma habilidade secreta. Ele é totalmente sincero e é por isso que ele é claro. Ele é "movido a entender".

John tem a notável capacidade de ensinar ao estudante mais versado da Bíblia algo novo sobre os versículos mais conhecidos. MacArthur tem uma profundidade e riqueza na pregação que é única.

Esta descoberta atingiu-me bem entre os olhos. A implicação é difícil de aceitar. Minha incapacidade, em vários momentos, para pregar com clareza simples não é uma falha na habilidade, mas uma falha na reverência. Significa que ainda não acredito no que estou dizendo em tal medida que é óbvio para o meu público.

Suponhamos em prol do argumento que o talento pessoal não é o que distingue John MacArthur do pregador "médio". O que é então? É uma combinação de amor e sinceridade pessoais. Sinceridade ou amor sincero. É o que o impulsiona com veemência para o cerne do texto e constrói pontes para o público. Enquanto estava sentado, ouvindo-o explicar o que ele faz, algo me ocorreu. O que tenho ouvido todos estes anos não são apenas as explicações claras de John. Também tenho ouvido sua convicção e crença sinceras no que ele está explicando. A combinação desses elementos produziu sua simplicidade característica.

John é, acima de tudo, discípulo de Jesus Cristo. Há um desejo subjacente de descobrir a grandeza de Deus e conhecer seu Salvador intimamente. Como indivíduo, está extremamente insatisfeito com tratamentos superficiais e respostas óbvias, sendo, também, incuravelmente, analítico e curioso. Estas tendências também marcam sua abordagem para estudar a Palavra de Deus. Alguém descreveu John como "estudar a nível de estudioso e comunicar a nível de amigo". É a melhor descrição que já ouvi até agora. É estudioso bem falante ou é amigo bem informado. De qualquer forma, o que pode não ser óbvio é que esta habilidade baseia-se em um zelo pelas coisas de Deus. Não capacidade, mas zelo com conhecimento. Em uma palavra, *adoração*. John demonstra que a qualidade da entrega da mensagem não deve se basear na inteligência, estrutura ou habilidade pessoal, mas na integridade de nosso relacionamento com Jesus Cristo.

Inteligência média e alemães mortos

Soa ridículo, mas John não se considera possuidor de inteligência superior. Quando mencionou isso durante a entrevista, minha equipe, alinhada junto às paredes do meu escritório, deu uma risada. Tentaram encobrir com tosse mas, em seguida, desculparam-se. John virou-se e olhou para eles, mas não fazia ideia de qual era a graça. Ele não estava brincando. Minha resposta inicial à autoavaliação de John? Se ele é medianamente inteligente, então estou nas cavernas batendo nas pedras para fazer ruído. Não surpreendentemente, seus amigos e associados mais próximos discordam dessa autoavaliação. Todavia, John é firme quanto a este ponto. Ele vê sua "inteligência média" como razão primária para poder se conectar com tantas pessoas. Como ele disse:

> *Claro que ajuda ter uma inteligência média. Ajuda-me a não ser muito inteligente. Preciso de um entendimento simples de tudo. Luto com as Escrituras até poder entendê-la. Há outras pessoas muito inteligentes que não precisam trazer a explicação para níveis tão simples como faço.*[3]

---

[3] MacArthur, *Entrevista*.

Quando você pensa a respeito, faz pleno sentido. As pessoas que tentam ser profundas, não são. São apenas difíceis de entender. Parecem complicadas, porque estão tentando ser profundas. Em contraste, as verdadeiramente profundas são simples e fáceis de ouvir. Sua principal ambição não é impressionar, mas entender o texto para si mesmas.

Explicar as coisas em termos acadêmicos que só a elite entende não é impressionante. É chato e irrelevante. Explicar as coisas de uma forma que toque estudiosos e mecânicos é impressionante, emocionante e relevante. Este é o "talento" de John. Ele estuda para entender o texto para si. Agindo assim, pode explicá-lo para alguém que pergunta ou que está sentado para ouvi-lo, mesmo que seja o pastor profissional.

> *Se na congregação há um novo convertido de formação latino-americano que acabou de converter-se vindo do catolicismo romano, sentado ao lado de um professor de seminário, quero deixar o texto bem claro para ambos. É entendível para todos. Se você o entende bem, você pode dizê-lo de modo que mesmo a pessoa que saiba muito recebe algo.*[4]

Certo revisor afirmou que a série de Comentários do Novo Testamento de MacArthur é útil para "leigos não instruídos". Esse é o código que "nenhum estudioso sério perderia tempo em usá-los". A resposta de John?

> *Considerei como elogio. Tenho passado minha vida inteira falando para leigos não instruídos. Não estou falando para alemães mortos, liberais ou estudiosos que estão fazendo doutorado. Estou falando para leigos não instruídos. Mais do que tudo, estou falando para mim mesmo. Preciso do entendimento simples das Escrituras. Tenho de quebrá-las em conceitos simples. Como se constata, é o que faz a maioria das pessoas.*[5]

"Não estou falando para alemães mortos!" Isso é clássico. Na verdade, é a demonstração da própria habilidade sobre a qual estamos falando: diz tudo. Eu, aliado a inúmeros outros, agradeço a Deus pela

[4] MacArthur, *Entrevista.*
[5] MacArthur, *Entrevista.*

verdade por trás desta crítica particular. Será surpresa que a série de comentários de MacArthur tem tido uma presença tão duradoura? Estas explicações maravilhosamente simples são o resultado de tratamento meticuloso.

A ampla utilidade de John nesses muitos anos continua sendo um pouco misteriosa para ele. Como ele disse:

– Não sei por que as pessoas me acham interessante. Tudo o que faço é lutar por uma explicação que faça sentido para mim. Suponho que se o texto for claro para mim, poderei deixá-lo claro para os leigos.

Não é mistério. John responde outra crítica com a mesma modéstia:

> *Sou acusado de falta de aplicação. Aceito a acusação. É verdade em parte, porque minhas duas principais preocupações são entender a ideia bíblica com tamanha clareza que eu possa perceber a implicação espiritual para a minha vida. Prego com a confiança de saber que um crente cheio do Espírito será impactado como Deus quer, tornando a ideia e a implicação claras.*[6]

Não podemos deixar de ressaltar a importância da clareza pessoal na tarefa do pregador. O momento da descoberta é o mais libertador da vida do pregador. A clareza iluminada, trabalhada pelo estudo e meditação diligentes, é o momento mais importante em todo o evento da pregação. Simplifica o processo, extrai a estrutura e limpa o caminho para a entrega da mensagem. John explicou este fenômeno destacando o exemplo do seu herói da pregação.

> *Certa vez, ouvi um historiador afirmar que a motivação primária de Martyn Lloyd-Jones é esforçar-se para entender a ideia bíblica abrangente dentro do texto. Mais que qualquer coisa, ele queria entender o grande conceito e argumento. Isso é o que melhor me descreve e é exatamente o que sou.*[7]

Gestos de comemoração mentais

Há vários anos, tive o privilégio de assistir a um debate sobre homilética, no qual John era o palestrante convidado. Tendo em vista

---

[6] MacArthur, *Entrevista*.

[7] MacArthur, *Entrevista*.

que ele é exemplo vivo do que nos esforçamos para fazer, o professor sabiamente o deixou falar. O formato era de perguntas e respostas. Logo no início, alguém pediu dicas para encontrar a "proposição do substantivo plural". John olhou intrigado com a pergunta. Nunca esquecerei a resposta:

– Eu não perderia tempo obcecado com estruturas, esboços e proposições do substantivo plural. Cada passagem é diferente. Se não estiver ali, não force. Pregue o que está ali. Para mim, cada sermão é diferente. Não há modelo.

Basicamente, aconselhou-nos a "esquecer o que vocês sabem sobre estrutura e entrega da mensagem. Preguem a Palavra!" O professor de homilética quase morreu. Eu estava fazendo gestos de comemoração mentais.

Duvido que qualquer um de nós teria esperado que John minimizasse a estrutura homilética tradicional, sobretudo tendo em vista seu compromisso com o método expositivo. É porque a maioria de nós presume que o método expositivo tem um estilo particular. É lógico que ele não quis dizer que a estrutura não é importante, mas o que ele expôs foi uma suposição. Quando pensamos em "expositivo", imaginamos imediatamente um tipo muito específico de estrutura e entrega da mensagem. Mas não há nada de sagrado quanto ao estilo da entrega. (Contanto que o estilo não interfira com a mensagem da Bíblia.) Sei que isso nos deixa nervosos, mas diria que algumas das nossas supostas estruturas expositivas fazem exatamente o oposto do que pretendemos que façam. Ao contrário, obscurecem a mensagem.

É indispensável que entendamos o que John queria aludir com o comentário. Há algo essencialmente importante que precede a estrutura homilética: a clareza. Uma compreensão e familiaridade profundamente informada com a passagem levam a uma estrutura orgânica, em vez de artificial. John MacArthur é grande exemplo disso. Quando ele prega, o que ele ficou sabendo em um nível muito profundo emerge em um arranjo simétrico e textual. Porém, isso é John. Pode não ser necessariamente você. É óbvio que temos de procurar apresentar a verdade "corretamente e de forma ordenada". Entretanto, o que é mais importante é que o seu coração seja preenchido com o significado do texto antes que você se levante para pregar. Como John disse:

> *Quero entender as múltiplas ideias dentro da maior e, em seguida, o conceito maior. Você tem de captar a ideia principal dentro da passagem. Quando você puder articular isso de forma clara e cristalina, a estrutura do sermão é apenas a maneira de você tornar essa mensagem clara aos outros.*[8]

Enquanto passeia com o cachorro

A razão de muitas vezes sentirmos pânico no final de uma semana não é devido ao tempo, mas ao espaço, e espaço para pensar. Não sabemos apresentar (homilética) o que aprendemos com o texto (exegese), porque não nos demos o espaço necessário para formulá-lo. Se o sermão ainda não ministrou para a nossa alma, então não passa de uma tese. Há momentos bem definidos de entrada e saída na preparação do sermão. Devemos fazer o trabalho. A exegese ocupa corretamente o primeiro momento, a homilética, o último, mas a nossa tendência é esquecer o momento do meio. O espaço no meio é onde ocorre mais do que uma exposição bem estruturada de nossa hermenêutica ou moralização memorável; torna-se um sermão.

Até mesmo John precisa desta graça. Um dia inteiro da preparação é dedicado à meditação e à oração. Ou para dizer de outra maneira, John gasta um dia inteiro concentrando-se no que passou descobrindo há apenas dois dias. Como ele passa? Orando, contemplando, refletindo, conectando, lutando, alegrando-se e, às vezes, jogando golfe.

Hermenêutica e iluminação. Teologicamente, estas duas palavras não poderiam estar mais unidas. Em geral, deixamos de considerar como essa relação afeta o que fazemos como pregadores. Mas sua intersecção está no cerne da preparação e entrega do sermão verdadeiro. Não se pode ter uma sem a outra. Se pusermos toda a ênfase estritamente na hermenêutica, não estaremos sendo diferentes dos liberais mortos e de seu modo mecanicista de interpretação. Como disse certo escritor: "Temos de nos convencer de que a exegese autônoma não penetrará o coração humano, por mais exata que seja". Por outro lado, se nos concentrarmos estritamente na iluminação, não seremos diferentes dos modernos empiristas com métodos puramente subjetivos. O que nos salva do erro, em ambos os lados, é a combinação. Trabalhamos na exegese *e* o Espírito ilumina.

---

[8] MacArthur, *Entrevista*

A iluminação é obra do Espírito processada no coração do crente. Obviamente, não causamos isso. Ao mesmo tempo, esta obra é formada na mente e, *através da* mente, submetida ao texto. A iluminação está em operação não só nos momentos de oração desesperada, mas também nos momentos de contemplação tranquila. Ocorre na totalidade desse processo. Isto é especialmente verdadeiro com a exposição consecutiva. Como John disse: "Este é o gênio da pregação expositiva. É um tratamento temático do texto, presumindo que é parte de um tema maior." Conforme formos percorrendo essas seções ligadas a esse tema maior, o Espírito vai atraindo nosso entendimento em direção a uma consciência mais concisa. Passamos a entender mais do que aquilo que é óbvio. Compreendemos qual é a intenção. O Espírito está reunindo as peças do grande quadro. Ele compacta a verdade. A iluminação não é um sinal luminoso que enviamos para cima quando estamos pressionados por prazos, implorando a Deus por um milagre.

A iluminação não é um sinal luminoso que enviamos para cima quando estamos pressionados por prazos, implorando a Deus por um milagre.

> *Ao longo deste processo, o homem de Deus ora. Do começo ao fim, ele busca discernimento: "Querido Espírito da verdade, concede-me mais iluminação. Preciso de mais luz. Torna evidente o significado e a relevância da tua Palavra." Então, conforme o significado da passagem se torna claro, Ele se prende ao coração do pregador. Para Ele, agora é a passagem mais importante de toda a Bíblia. Certamente, o Espírito Santo é operativo.*[9]

Uma vez, li um artigo sobre a relação entre hermenêutica e iluminação. Disse "uma vez" não porque seja o único documento já escrito, mas porque bem que poderia ter sido. Apesar da relação, há pouco material disponível sobre o assunto que tenha base nas Escrituras. A "iluminação" nos amedronta em virtude de sua ambiguidade. No artigo, o autor estava pisando em gelo fino, facilmente escorregadio,

---

[9] Arturo G. Azurdia, *Spirit Empowered Preaching: Involving the Holy Spirit in Your Ministry* (Great Britain: Mentor, 1999), p.151.

tentando captar a experiência da iluminação em tempo real. Acho que chegou perto.De acordo com esse autor, a convergência da hermenêutica com a iluminação ocorre durante a pausa do estudo, quando você estiver passeando com o cachorro. No ponto mais distante de sua rota, ocorre-lhe o que Paulo quis dizer quando afirmou: "Segundo a justiça que há na lei, irrepreensível" (Fp 3.6b). Paulo não quis dizer que tinha obedecido perfeitamente a lei. Isso contradiria o núcleo de sua mensagem e o próprio evangelho. Ele estava indicando algo mais específico. O apóstolo abandonou o judaísmo moralista, não porque não pudesse tolerá-lo, ou porque fosse muito exigente, mas porque não funcionava. Paulo era uma estrela em ascensão e estava no ápice de sua carreira quando entregou suas credenciais. Como ele mesmo disse: "Se algum outro cuida que pode confiar na carne, ainda mais eu" (3.4). Seus antigos colegas, os "maus obreiros", estavam cientes de que esta acusação não tinha valor. Todas as suas realizações eram bem conhecidas. Paulo não era alguém que desistia com facilidade. Ele abandonou seu "esterco" da justiça própria, porque isso não o salvaria. Quando viu Jesus, o esterco o deixou nauseado. Fugiu para uma justiça fora de si mesmo. Como quando Lutero chegou ao topo das escadarias em Roma, tudo estava terminado. A conversão de Paulo foi um golpe devastador contra os moralistas de todos os lugares.

No próximo momento, você está entre andando-correndo e correndo. Seu pobre cachorro está estirado na guia como uma biruta ao vento. Você chega a casa, senta-se à mesa e na margem da exegese escreve: "Paulo não desistia". É isso que desejamos "alcançar". É isto que é clareza. É isto que pregaremos.

Preso na zona morta

A luta da homilética expositiva é comparada à escalada de uma montanha. No lado da subida estão todos os aspectos e detalhes da exegese. Abrimos caminho através disso para subir. No lado da descida, estão a entrega da mensagem e a homilética. Abrimos caminho através disso para descer. Cada lado apresenta seu próprio conjunto de obstáculos. Contudo, nossa maior dificuldade é passar de um lado do espectro para o outro. Transpor o cume. Alguns evitam a dificuldade e começam do lado da entrega sem passar pelos detalhes. Seus sermões são discursos motivacionais destacadamente criativos com pouco conteúdo bíblico.

Mesmo as passagens bíblicas que citam têm pouco a ver com o que estão dizendo. Como poderia ser diferente? Eles pularam essa parte.

Ainda que secretamente possamos invejar essa esperteza, nossa consciência não pode aceitar o atalho. Começamos onde deveríamos, com o texto, e abrimos caminho para subir o lado íngreme. Mas, continuando com a analogia aqui, próximo do cume, ficamos presos na "zona morta". É nesse lugar mortal que ficamos desorientados, cansados e paramos de nos mover. Qualquer chance que tivermos de um verdadeiro sermão morre do lado da montanha, à vista do cume, enterrada em um aluvião de detalhes. (Desculpe. Empolguei-me com a ilustração, mas você entendeu.) É difícil chegar ali. Como diz o ditado, é andar ou morrer.

Bryan Chappell, presidente do Seminário Teológico da Aliança e autor de uma obra tremenda sobre pregação expositiva, identificou várias perguntas importantes que o pregador-estudante deve responder ao fazer a transição para o "outro lado" do processo. Ele explica a importância para o leitor.

> *Antes de responder essas perguntas, o pregador tem informações apenas sobre um texto e não um sermão. Embora muitos pregadores sintam que quando fizeram suficiente pesquisa para determinar o significado do texto estão prontos para pregar, eles estão enganados. Neste ponto, são apenas como "o motorzinho que poderia", que se move com ruído característico de motor subindo a montanha do pregador expositivo, dizendo: "Acho que posso pregar. Acho que posso". Responder essas perguntas restantes impulsiona o pregador a transpor a crista da montanha, convertendo o comentário textual ou exegético em sermão.*[10]

Chappell oferece estas seis perguntas:

1. O que quer dizer o texto?
2. Como sei o que quer dizer o texto?
3. Que interesses levaram o texto a ser escrito?
4. O que temos em comum com aqueles a quem o texto foi escrito?
5. Como as pessoas devem responder às verdades do texto?

[10] Brian Chappell, *Christ-Centered Preaching: Redeeming the Expository Sermon* (Grand Rapids: Baker, 2005), p. 105. [Edição brasileira: *Pregação Cristocêntrica: Restaurando o Sermão Expositivo* (São Paulo: Cultura Cristã, 2007).]

6. Qual é a forma mais eficaz em que posso comunicar o significado do texto?

As três primeiras perguntas estão relacionadas com as questões do texto propriamente dito. As outras três falam sobre as questões da entrega da mensagem. A sequência das perguntas de Chappell leva ao que ele identifica como o "foco da condição caída" ou o FCC, que é a "condição humana mútua que os cristãos contemporâneos compartilham com aqueles para quem ou sobre quem o texto foi escrito, que requer a graça da passagem para que o povo de Deus o glorifique ou dele desfrute."[11]

Responder à série supracitada de perguntas nos leva do ponto de partida dos mais refinados detalhes sintáticos para o ponto do término da entrega eficaz. O fluxo lógico das perguntas é comprovadamente muito útil. Na verdade, entre tudo o que já li no esforço de identificar e resolver essa dificuldade para os pregadores expositivos foi ele quem propôs a melhor solução. Em última análise, todo pregador exegeticamente focado trabalha com alguma versão destas perguntas, quer queira quer não. Em minha experiência, reduzi essas perguntas diagnósticas a três:

1. O que diz o texto? (Exegese.)
2. O que o texto quer dizer pelo que diz? (Interpretação.)
3. O que o autor pretendia provocar na audiência? (Intenção.)

Como na lista de Chappell, a divisão ocorre ao longo das linhas hermenêutica e homilética. As duas primeiras tratam de exegese e interpretação. Quais são os fatos e o que dizem? A terceira pergunta trata da homilética. É esta terceira pergunta que nos dá a melhor transição para a entrega da mensagem. É a *intenção* que nos leva para o outro lado. Walter Kaiser declarou a mesma coisa desta maneira: "O único lugar adequado para começar é com o autor humano, que alegava obter o seu significado por estar no conselho celestial de Deus."[12]

---

[11] Chappell, *Christ-Centered Preaching*, p. 50. [Edição brasileira: *Pregação Cristocêntrica: Restaurando o Sermão Expositivo* (São Paulo: Cultura Cristã, 2007).]

[12] Walter C. Kaiser, Jr., *Preaching and Teaching from the Old Testament: A Guide for the Church* (Grand Rapids: Baker, 2003), p. 51. [Edição brasileira: *Pregando e Ensinando a partir do Antigo Testamento: Um Guia para a Igreja* (Rio de Janeiro: CPAD, 2007).]

Qual era a intenção do autor? Qual era o propósito do autor? De acordo com o contexto, o que ele estava procurando fazer com a audiência? Portanto, não é só o que ele disse (1-2), e sim o que ele pretendia tratar e causar pelo que disse (3).

> *Atrás do significado do texto está a intenção do autor. Precisamos trazer todas as ferramentas disponíveis para a tarefa de entender o texto em seu contexto – gramática e sintaxe, dados arqueológicos e históricos. [...] Jamais devemos presumir que o significado do autor no texto é simples, porque a intencionalidade nem sempre é simples.*[13]

Analisemos o relato da ressurreição registrado em Mateus (Mt 28.1-15). É óbvio, mesmo com uma leitura superficial do texto, que o autor estava defendendo a historicidade da ressurreição contra vários desmentidos da época. Um fariseu, José de Arimateia, requisitou e preparou o corpo. Não era um simpatizante do galileu. Os saduceus selaram o túmulo. Trancaram e engoliram a chave. Postaram soldados do lado de fora. Não havia maneira de os discípulos se aproximarem. As mulheres na história também são importantes. Seu testemunho não seria suficientemente adequado nessa cultura patriarcal para explicar a maior falcatrua do mundo. Se você estivesse inventando, era de se esperar que você criasse testemunhas mais credíveis. Há outros detalhes como este no texto, mas qual é a mensagem geral? A ressurreição não foi uma farsa. Foi o que aconteceu. Mas por que Mateus compartilha todos esses detalhes? Só para provar que era verdade? Obviamente! Faz parte. Porém, ele não estava apenas defendendo, estava também encorajando a Igreja a crer. Ele queria que a Igreja se inclinasse sobre o túmulo vazio, apesar dos ataques do mundo. Ele quer que vamos até o túmulo e toquemos nas paredes. Enquanto pregamos este periscópio, nossa homilética deve procurar esse mesmo objetivo. Ao pregarmos, não devemos apenas explicar o ponto do texto, mas também conduzir nossa audiência para a mesma crença pretendida por ele. Assim que respondermos a pergunta da intenção, podemos mais facilmente pensar como queremos comu-

---

[13] David L. Larsen, *The Anatomy of Preaching: Identifying the Issues in Preaching Today* (Grand Rapids: Baker, 1989), pp. 160-161.[Edição brasileira: *Anatomia da Pregação* (São Paulo: Vida, 2005).]

nicar a mesma intenção para nossa audiência. "O valor da intenção vem de sua singularidade."[14] Focando nisso, podemos mais facilmente "dizer bem a única coisa". Entender a intenção nos ajuda a chegar à clareza aqui descrita. Também nos dá um ponto de partida em nossa homilética. Em última análise, nossa intenção e objetivo no sermão devem corresponder aos do autor. Nossa homilética deve ser construída não só sobre o significado bíblico, mas também sobre qual era o objetivo desse significado.

Aquilo com o que estamos lutando na preparação do sermão é uma maneira de dizer o que já descobrimos no texto. Para isso, temos de ter em mente o que o autor pretendia realizar na vida de seu público através da mensagem. O que nos leva ao outro lado da preparação não é o objetivo de transferir informações, mas duplicar o impacto pretendido pelo autor bíblico. Nossa homilética deve combinar com isso. Devemos primeiramente esclarecer o que foi dito e, depois, procurar realizar – através de nossa explicação e pela entrega da mensagem – o que foi pretendido pelo autor. Ver as coisas desta forma nos ajuda a responder todas as demais perguntas. Na verdade, as outras perguntas diagnósticas tornam-se um tanto quanto supérfluas. As coisas começam a cuidar de si mesmas. Sabemos que a necessidade da nossa audiência é como se a comparássemos com o contexto original. Também sabemos como devem responder. A partir daí, nossa homilética é mais especificamente sobre a clareza.

---

[14] Heath and Heath, *Made to Stick*, p. 28. [Edição brasileira: *Ideias que Colam: Por que Algumas Ideias Pegam e Outras Não* (Rio de Janeiro: Campus, 2007).]

Capítulo Três

Profundidade e o Impactante Efeito de Deus

O segredo essencial não é dominar técnicas, mas ser dominado por convicções. Em outras palavras, teologia é mais importante que metodologia. [...] As técnicas só podem nos fazer oradores. Se desejamos ser pregadores, é de teologia que precisamos.[1]
– John R. W. Stott

Para usar o linguajar popular, é impactante focar a atenção em quem Deus é e no que Ele é em seu ser e caráter. A maioria dos cristãos gasta pouco tempo com estas questões. Incomodava-me ver estudantes experientes tendo de examinar a doutrina de Deus de forma acadêmica. Pareceu-me que os leigos da igreja estavam perdendo tudo isso.[2]
– R. C. Sproul

A profundidade que todo sermão deve ter

Eu tinha quinze anos de idade quando um amigo me deu seu livro pessoal de Tozer, intitulado *Knowledge of the Holy* (O Conhecimento do Santo). Numa demonstração de amor sincero, meu amigo ajudou a empurrar minha fé em direção a um começo teocêntrico. Pode ter sido

[1] John R. W. Stott, *Between Two Worlds: The Art of Preaching in the Twentieth Century* (Grand Rapids: Eerdmans, 1982), pp. 92-93.
[2] R. C. Sproul, em entrevista ao autor, Orlando, Flórida, 12 de maio de 2009.

o primeiro livro cristão que li. Ainda o possuo. Ele veio com uma dedicatória dramática de meu amigo: "Isto mudará sua vida". Não há muitas experiências que se enquadram nessa categoria. Abusamos exageradamente da expressão, aplicando-a a tudo, desde tecnologia a cozinha. (Mas nunca comi um sanduíche que mudasse minha vida.) O que realmente queremos dizer com a expressão é: "Você vai gostar". Mas neste caso, o meu amigo estava sendo literal.

Recebi este presente em uma viagem de família ao Colorado para esquiar. Minha conversão veio completa com um novo desejo: *ler*. Sendo um atleta estereotipado, eu não estava muito a fim de ler ou pensar. Tendo entrado na lista do decano da faculdade (minha primeira e última vez), meu pai quase teve um infarto do miocárdio. O que o falar em línguas é para alguns, o desejo de formação educacional era para meu pai, ou seja, um sinal certo de verdadeira conversão. Para meu pai, que era médico, a leitura bem que poderia ter sido um fruto do Espírito.

Li a noite toda. Marca-texto em uma mão, livro na outra. Uma daquelas pequenas lanternas de médico entre os dentes. Foi minha primeira exposição à teologia própria e aos atributos de Deus. Eu não fazia ideia do que se chamava. Também não fazia ideia do que estava prestes a acontecer. Deitado no chão da nossa caminhonete, fiquei frente a frente com os pensamentos mais profundos que o homem já teve. Eram coisas realmente esotéricas sobre Deus, às quais somos expostos, muito mais tarde, em nossa educação cristã. Solidão. Soberania. Infinito. Onipotência. Onisciência. Eternidade.

Nunca tendo pensado algo dessa magnitude, minha cabeça quase explodiu. Lia. Parava. Destacava. Lia. Parava. Destacava. Cada novo conceito era avassalador. De certo modo bom, era difícil de suportar. Continuou assim até que amanheceu. Terminei de ler o livro assim que o sol nasceu perto de Amarillo, Texas. Algo me chamou a atenção à luz do dia. Eu destacara quase todas as linhas do livro. Foi um momento inaugural em minha vida.

Entrei na caminhonete com uma visão sentimental estereotipada de Deus e saí um adorador devastado. Foi um golpe esmagador para o pequeno idólatra que se escondia na teologia. A experiência é inigualável em meus vinte e seis anos como crente. Desde então, tenho tentado revivê-la todos os dias. Mudou minha vida. Creio que a mesma profundidade de experiência impactante deve ser o objetivo consistente de todo pensamento cristão e a meta apropriada de toda pregação bíblica. Precisamos impactar a mente das pessoas com o Deus deles.

Hoje, anos mais tarde, tenho o privilégio distinto de desencadear a mesma avalanche teocêntrica para os outros. Como pastor, nunca me acostumei com o momento impressionante quando as "luzes se acendem" para as pessoas. Se isso não o deixa maravilhado, escolha outra ocupação. Não há nada tão satisfatório quanto ver as pessoas inclinarem-se ligeiramente para frente na ponta da cadeira lutando comigo, enquanto apresento "grandes" doutrinas da Bíblia. Gosto de vê-las atordoadas. É bom vê-las perplexas. Como C. S. Lewis observou: "Deus não gosta de preguiçosos intelectuais mais do que quaisquer outros preguiçosos. Se você está pensando em se tornar cristão, aviso que você está entrando em algo que vai tirar tudo de você, inclusive a inteligência e tudo o mais."[3]

Deitado no chão da nossa caminhonete , fiquei frente a frente com os pensamentos mais profundos que o homem já teve. [...] Entrei na caminhonete com uma visão sentimental estereotipada de Deus e saí um adorador devastado.

Ele tem razão. Existem doutrinas assustadoras por aí. Doutrinas que não se encaixam perfeitamente em nossa cabeça. Realidades espinhosas que zombam de nossas explicaçõezinhas. Você não pode proteger sua congregação delas. Então, nem tente. Se lessem a Bíblia, saberiam. Não evite esses encontros; aceite-os. Alguns sugerem que certas doutrinas são muito controversas ou complexas para serem discutidas abertamente ou apresentadas no púlpito, pois só causarão divisão e confusão. O fato é que você não pode evitá-las e fielmente pregar a Bíblia ao mesmo tempo.

A igreja que está comprometida com o ensino sadio naturalmente processará as doutrinas bíblicas que as igrejas muitas vezes negli-

---

[3] C. S. Lewis, conforme citado por John Piper, *Brothers We Are Not Professionals: A Plea for Pastors for Radical Ministry* (Nashville: Broadman & Holman, 2002), p.97. [Edição brasileira: *Irmãos, Nós Não Somos Profissionais: Um Apelo aos Pastores para Ter um Ministério Radical* (São Paulo: Vida Nova, 2009).]

> *genciam. Aos nossos olhos, determinadas doutrinas parecem causadoras de discórdias. Mas podemos confiar que Deus as incluiu em sua Palavra, porque são fundamentais para a compreensão da obra de salvação.*[4]

Pessoalmente, tenho sido beneficiado pela congregação que abertamente lida com perguntas difíceis. Sentem-se à vontade para confessar certa quantidade de tensão teológica e processo aberto. Em inúmeras ocasiões, observei seu pastor publicamente admitir a derrota. Faz parte da nossa santificação coletiva e processo de maturação como Igreja. Juntos estamos nos atracando à grandeza de Deus. A Igreja precisa lutar com coisas difíceis, não descartá-las. A luta é saudável para o indivíduo, bem como para o grupo. Lutar com a grandeza de Deus nos ajuda a superar a nós mesmos. Spurgeon explica muito bem: "É algo que causa extrema melhora para a mente em contemplação da divindade. É um assunto tão vasto, que todos os nossos pensamentos perdem-se em sua imensidão. É tão profundo, que o nosso orgulho se afoga em seu infinito."[5]

Explicar algumas doutrinas é como colocar as pessoas à beira do Grand Canyon. É de tirar o fôlego. Não há palavras. No entanto, para que possam apreciar e respeitá-lo com razão, você tem de esgueirar-se para trás delas e, enquanto estão olhando espantadas de olhos arregalados, dar-lhes um empurrão firme. É o que basta. De repente, sentem-se pequenas. Assim deve ser o objetivo da nossa pregação. Teologicamente falando, é o momento em que as pessoas percebem seu verdadeiro status no universo: *insignificante*. Nosso Deus é assustadoramente transcendente. Não gerenciável, como fomos levados a crer. O trabalho do pregador é empurrar a humanidade para o abismo de sua grandeza. Como disse certo autor:

> *Ninguém vai ao Grand Canyon ou aos Alpes para aumentar a autoestima. Não é o que acontece naquelas profundidades gigantescas*

---

[4] Mark Dever, *What Is A Healthy Church?* (Wheaton: Crossway, 2007), p. 72. [Edição brasileira: *O que É uma Igreja Saudável?* (São José dos Campos: Fiel, 2011).]

[5] Charles Haddon Spurgeon, conforme citado por James Montgomery Boice, *Foundations of the Christian Faith: A Comprehensive and Readable Guide*, Revised in One Volume (Downers Grove: IVP, 1986), p. 27. [Edição brasileira: *Fundamentos da Fé Cristã: Um Manual de Teologia ao Alcance de Todos* (São Paulo: Central Gospel, 2010).]

e alturas majestosas. Mas vamos lá e vamos com alegria. Como pode, se ser tratado com grande consideração é o centro de nosso bem-estar e felicidade? A resposta é que esse não é o centro.[6]

Este momento de realização é de valor inestimável para o indivíduo e a igreja. O temor de Deus ajusta muitas coisas na vida cristã como nada mais pode. Há um poder em sua gravidade. Afina a adoração, purifica o culto, unifica o companheirismo, santifica a metodologia e exige o evangelho. Como pastor, marido, pai, conselheiro e amigo, creio que a coisa mais amorosa que posso fazer para alguém é dar-lhe uma visão mais elevada e mais exaltada de Deus, mesmo que seja difícil para a inteligência e a autoestima. Quando ambos ficarmos *pasmados* com sua beleza e *humilhados* por sua grandiosidade, seremos verdadeiramente úteis. Isso nos purifica das camadas do narcisismo engessado em nós pela cultura. Claro que este foco não existe sem danos colaterais. Há uma consequência real por estarmos perto de algo tão grande – a visão diminuída de nós mesmos. Uma perda muito aceitável.

A intimidade profunda de Deus

Todas as aflições momentâneas que enfrentamos na vida, mesmo que não possamos "consertá-las", encontram sua solução final na natureza e atributos de Deus. "E sabemos que todas as coisas contribuem juntamente para o bem daqueles que amam a Deus, daqueles que são chamados por seu decreto. Porque os que dantes conheceu, também os predestinou para serem conformes à imagem de seu Filho, a fim de que ele seja o primogênito entre muitos irmãos.E aos que predestinou, a esses também chamou; e aos que chamou, a esses também justificou; e aos que justificou, a esses também glorificou" (Rm 8.28-30). Certamente que não são solucionadas deixando de lhes dar atenção ou concentrando-nos em nossa incapacidade de mudá-las.Esta é a conscientização exata do salmista no Salmo 73. Na primeira metade do Salmo, a vida foi desvendada. Pouco faltou para que ele escorregasse (Sl 73.2). As várias equações do ciclo de retribuição não

---

[6] John Piper, *God is the Gospel: Meditations on God's Love as the Gift of Himself* (Wheaton: Crossway, 2005), p. 13. [Edição brasileira: *Deus é o Evangelho* (São José dos Campos: Fiel, 2011).]

estavam operando como ele esperava. Eis um homem em desespero. No entanto, na segunda metade do mesmo Salmo, sua perspectiva sofreu uma reviravolta: "A minha carne e o meu coração desfalecem; mas Deus é a fortaleza do meu coração e a minha porção para sempre" (73.26). O que aconteceu com o salmista? Terapia? Não. Foi um encontro com Deus: "Até que entrei no santuário de Deus" (Sl 73.17). Ele esteve à beira do precipício da natureza de Deus e tornou-se pequeno. Foi exposto à grandeza divina e saiu com uma perspectiva radicalmente alterada de si mesmo, da humanidade e da vida em geral. Entretanto, e aqui está o que é importante notar, a fonte de seu desespero ainda estava lá fora. O mundo ainda estava confuso. O contexto que o levou à escuridão pessoal não mudara. Ele mudara. Tudo por examinar precipitadamente algo maior que ele mesmo: um Deus soberano. Um Deus que não para de pedir conselhos ao homem enquanto governa o universo.

Logo que possível, quero que os pensamentos que as pessoas tenham de Deus esmaguem suas preocupações com a vida. Quero levar as pessoas para cima, não trazer Deus para baixo, a uma altura gerenciável. Este ponto foi destacado em uma discussão sobre tradução da Bíblia. Um notável estudioso expôs um princípio que se aplica diretamente a esta discussão. Nenhuma tradução da Bíblia deve servir para reduzir Deus ao homem. O trabalho das traduções não é tornar Deus conveniente. Eis algo um tanto quanto contraintuitivo, pois presumimos o oposto. As traduções devem elevar o homem até Deus. Esse é o efeito da clara pregação doutrinal. Eleva o homem até a natureza, caminhos e recursos de Deus. Como se constata, passamos muito tempo enfaixando o Senhor com descrições centradas no homem, curvando o Todo-Poderoso em direção às "necessidades" suburbanas. O que a Igreja precisa é ser esticada para cima. Infelizmente, a doutrina saiu de moda na Igreja. Este é um efeito colateral inevitável de marginalizar o evangelho. Quando a Igreja diz respeito ao evangelho, a doutrina é essencial. Quando diz respeito à outra coisa, a doutrina é secundária. Neste momento, repousa como uma gravata no armário proverbial, esperando que a moda volte. Não é a moda de hoje. Acerca disso, Os Guinness se expressa desta forma:

> *Outrora, os evangélicos eram conhecidos como "pessoas sérias". Hoje, é triste observar que muitos evangélicos são os mais superfi-*

> *ciais dos crentes religiosos. São de pensamentos vazios, de teologia leviana e proponentes ávidos de espiritualidade branda em termos de pregação e respostas à vida.*[7]

Somos elegantes, mas superficiais. Nossa eficácia depende de nossa profundidade. Como explica Al Mohler:

> *Cada pastor é chamado para ser teólogo. Pode ser surpresa para os pastores que veem a teologia como disciplina acadêmica, estudada durante o seminário, e não como parte contínua e central da chamada do pastor. No entanto, a igreja depende de seus pastores funcionando como teólogos fiéis, ensinando, pregando, defendendo e aplicando as grandes doutrinas da fé.*[8]

Quarenta anos de filosofia voltada ao crescimento de igreja conseguiu drenar nossa verdadeira fonte de adoração: uma mente engajada com a grandeza de Deus. Estamos muito fascinados com a *criatura* para nos preocupar com o *Criador*. John Piper descreve com precisão a atitude popular em relação à doutrina:

> *Hoje, as pessoas, em sua maioria, têm tão pouca experiência de encontros intensos, sérios, reverentes e poderosos com Deus na pregação, que as únicas associações que lhes vêm à mente quando a noção é mencionada são que o pregador é impertinente, ou chato, ou triste, ou carrancudo, ou ríspido, ou mal-humorado, ou hostil .*[9]

A Igreja hoje se remexe desconfortavelmente no silêncio constrangedor da profundidade. Não sabemos o que fazer com a quietude. Mais uma vez, Piper vai direto ao ponto:

---

[7] Os Guinness, *Prophetic Untimeliness: A Challenge to the Idol of Relevance* (Grand Rapids: Baker, 2003), p. 77.

[8] Albert R. Mohler, Jr., *He Is Not Silent: Preaching in a Postmodern World* (Chicago: Moody, 2008), p. 23. [Edição brasileira: *Deus Não Está em Silêncio: Pregando em um Mundo Pós-moderno*

[9] John Piper, *The Supremacy of God in Preaching* (Grand Rapids: Baker, 1990), p. 51. [Edição brasileira: *Supremacia de Deus na Pregação: Teologia, Estratégia e Espiritualidade do Ministério de Púlpito* (São Paulo: Vida Nova, 2003).]

> *Uma vez que você se esforçe para causar um silêncio sagrado sobre as pessoas no culto de adoração, pode ter certeza de que alguém dirá que a atmosfera é hostil ou fria. Nesse ambiente, muitas pessoas imaginam que a ausência de vibração significa a presença de inimizades rígidas e inábeis. Tendo em vista que têm pouca ou nenhuma experiência com a alegria profunda da gravidade momentosa, esforçam-se em buscar alegria da única maneira que sabem: sendo joviais, animados e faladores.*[10]

Fomos condicionados a empinar o nariz diante da doutrina. É quase que instintivo. Muitos a evitam com o escolasticismo da elite, como se a doutrina fosse apenas para os poucos escolhidos em suas torres de marfim, quando, na verdade, doutrina não é para os poucos escolhidos. Está na Bíblia para todos verem e apreciarem.

Alguns veem a doutrina como algo inferior das responsabilidades mais importantes da igreja. Deveres como cuidar dos desabrigados e desfavorecidos. Porém, não é inferior de modo algum. Dá a esses deveres maior significado.Ou podemos marginalizar a doutrina como arcaica e irrelevante. Afinal de contas, como pode um conceito como a união hipostática fazer diferença na vida do dia a dia? Mas não é irrelevante. É indispensavelmente importante para todos os aspectos da vida, especialmente a união hipostática. Certo pregador disse:

> *A doutrina está na vida, e a vida, na doutrina. A doutrina chega ao âmago da questão e aos lugares rudimentares. Chega aos lugares machucados e espancados. Viaja para os lugares mais íntimos da alma. Abre caminho pelos lugares estreitos da existência humana.*[11]

Independentemente de quanto possamos tratá-la injustamente, sempre voltamos à doutrina nos momentos críticos da vida. Confie em mim, se você estiver com alguma doença grave, você não pedirá para ler o livro *O Melhor da Vida é Agora*, *Uma Vida com Propósitos* ou outro best-seller cristão.Você tirará a poeira da Bíblia e passará a afogar seus medos na intimidade profunda de Deus.

---

[10] Piper, *The Supremacy of God in Preaching*, p. 51.

[11] Robert Smith, Jr., *Doctrine that Dances: Bringing Doctrinal Preaching and Teaching to Life* (Nashville: Broadman & Holman, 2008), p. 73.

Normalmente, esse segmento da igreja que minimiza a doutrina concentra-se em uma de duas ênfases alternativas: vida cristã prática ou relevância cultural. Estamos procurando crianças bem comportadas e/ou justiça social. Você raramente ouve falar de pessoas irem à igreja por causa de a doutrina ser sólida ou a Bíblia ser explicada claramente. Tudo diz respeito à "relevância" e "aplicação".

Segundo os especialistas, ser rotulado de Igreja "doutrinal" é o beijo da morte. As pessoas prontamente abandonam as coisas inebriantes para encontrar vida com mais propósito e contento. Infelizmente, fomos longe demais e lançamos as realidades erradas ao mar. Como Tozer deixou claro:

> *Uma concepção correta de Deus é básica não só para a teologia sistemática, mas também para a vida cristã prática. É adorar o que a fundação é para o templo; onde estiver defeituosa ou fora de prumo, toda a construção, cedo ou tarde, irá desmoronar. Creio que não há erro na doutrina ou falha em aplicar a ética cristã que não possa ser relacionado aos pensamentos imperfeitos e ignóbeis sobre Deus.*[12]

O problema com os seminários para casais

Os evangélicos, em sua maioria, presumem que a doutrina desempenha pequeno ou nenhum papel nas questões mais importantes da vida. Consideremos o casamento, por exemplo. Os livros cristãos mais populares sobre o assunto indicariam que a necessidade é prática e não teológica. Mas o casamento bíblico não é dependente *da* doutrina central de nossa fé, a expiação (Ef 5.22-33)? A discussão de Paulo sobre o casamento era mera oportunidade para enfatizar o poder da cruz em uma área importante da vida.

Ele não estava usando a morte de Cristo como analogia do casamento. Andamos para trás. Ele estava usando o casamento como analogia da cruz. O casamento é, em seu cerne, uma analogia viva da morte de Cristo. O poder da cruz em exibição dentro da relação mais íntima na terra. O ponto de Paulo? Você não pode ter um casamento "melhor" sem entender a doutrina, sobretudo a expiação substitutiva.

---

[12] A. W. Tozer, *The Knowledge of the Holy* (San Francisco: Harper Collins, 1961), p. 2.

A ironia aqui é densa. Como é que você passa um fim de semana em um seminário para casais e nunca ouviu o evangelho pregado ou a expiação explicada? Um comentário substancial sobre a Igreja, quem sabe. Os seminários para casais que Paulo faria seriam muito diferentes dos nossos. Nesses, tudo o que você ouviria durante o fim de semana seria a cruz de Cristo. "Sessão Um: A Cruz." "Sessão Dois: A Cruz." "Sessão Temática: A Cruz." "Desjejum dos Maridos: A Cruz." "Almoço das Esposas: A Cruz."

E assim por diante. Provavelmente, se você tivesse sorte, ele mencionaria "casamento" em algum lugar no final do seminário. Ou talvez não. Não importa muito. Quando você saísse, você entenderia o casamento. Quer marido ou esposa, você saberia qual é a sua responsabilidade. A cruz torna óbvio o casamento cristão. Mais exatamente ao ponto, o casamento cristão deve tornar a cruz óbvia.

Em meus quase vinte anos de ministério pastoral, nunca um casal implodiu, porque não teve suficientes dicas para um casamento prático. Em geral, implode porque dicas eram tudo o que tinham. Não há cruz. Nunca houve. Ironicamente, os seminários para casais são parte do que está errado com os casamentos cristãos. O mesmo é verdadeiro tanto quanto é o argumento da "relevância cultural". Todos os nossos clamores por relevância nos deixam ingênuos. Se presumirmos que podemos vencer esta cultura que rejeita a Cristo com uma refeição quente e um sorriso, ou ajustando nossa linguagem para caber na deles, estamos nos enganando.

Não estou dizendo que estes ajustes não são úteis. Tem de haver um equilíbrio entre compaixão e verdade, para que não cometamos o mesmo erro que os fariseus cometeram. Jesus disse: "Ide, porém, e aprendei o que significa: *Misericórdia quero e não sacrifício*. Porque eu não vim para chamar os justos, mas os pecadores, ao arrependimento" (Mt 9.13, grifos meus).*Há* lugar para refeições quentes. Também admito, seja por palavreado arcaico ou triunfalismo escapista, que a Igreja tem o hábito de encerrar-se entre paredes, separando-se das próprias pessoas para as quais ela foi chamada para alcançar.

Se estivermos armados apenas com a doutrina exata (e não com o amor), seremos separatistas, até mesmo combatentes, mas não evangelistas. Algumas das nossas atitudes mostrariam que acreditamos que a hostilidade é uma estratégia evangelística eficaz. Mas na verdade, funciona melhor se você não odiar aqueles a quem você evangeliza.

Sou um separatista em recuperação que cresceu na zona dura do fundamentalismo cultural. Como resultado, reajo como um ex-fumante lívido quando se trata de separatismo moralista na igreja. Não suporto. Nosso Senhor nos mandou oferecer o evangelho ao mundo em seu nome e por seu poder. Eu digo: "Enlouqueçam!". Subam em um tambor e preguem. Encontrem amigos pagãos para amar. Encontrem um campo para atuar. Ou, é claro, reciclem. Mas, ao agirem assim, mantenham em mente que o seu amor e compaixão (e relevância) não os salvarão, mais do que ficar olhando para uma árvore salva. Nosso amor e compaixão fornecem uma apresentação àquele que salvar.

Se presumirmos que podemos vencer [...] com uma refeição quente e um sorriso, ou ajustando nossa linguagem para caber na deles, estamos nos enganando.

Para sermos bons mordomos de nossas oportunidades, temos de entender algumas verdades centrais, normalmente conhecidas por "doutrina". Caso contrário, quando a oportunidade chegar, tudo que salvaremos das pessoas é a fome. A congregação com o coração voltado para a cultura (e os perdidos) também deve ter a mente armada com a verdade. Com o que mais responderemos as perguntas ou preencheremos os espaços em branco corretamente? Temos de conhecer as doutrinas para sermos verdadeiramente relevantes. Nossos alicerces devem estar muito bem fundamentados. E um sanduíche nunca é demais.

Como falar camponês

Essa frustração nos leva a esta observação. É fácil culpar a indiferença da igreja em relação à doutrina no amplo inimigo do nominalismo. Quando as pessoas bocejam durante os sermões, presumimos que não levam a sério a verdade. Quando grupos de pessoas migram para uma igreja de buscadores da verdade, dizemos condenatoriamente que eles são superficiais. Isso é cair fora, evitar uma situação difícil. O fato é que essas pessoas não nos entendem. Somos obscurantistas. Esse movimento de buscadores da verdade tirou vantagem desta deficiência aparente há cinquenta anos, quando denunciou: "Estamos fora de contato com a cultura!" A solução? Embrulhem a "verdade" de modo que os americanos suburbanos narcisistas a aceitem. Que plano brilhante. Os resultados foram devastadores. Como iconoclastas de ponta, os modernos especialistas em crescimento de igreja roubaram dela mesma o seu verdadeiro poder: o Deus da Bíblia. Hoje, depois de todos estes anos, a paisagem da igreja parece um cemitério de relíquias pragmáticas. Tentamos tudo.

Quando se trata da epidêmica indiferença frequentemente relatada para com a doutrina, nós pregadores expositivos temos de dar uma boa olhada em nós mesmos. Somos parcialmente culpados, mais do que gostaríamos de admitir. Erroneamente, presumimos que os modernos cristãos têm um vocabulário teológico desenvolvido. Colocamos as doutrinas bíblicas fora de alcance através de nossa incapacidade de explicá-las bem ou de demonstrar sua importância para a congregação. Não somos bons em torná-las vivas ou extraí-las do texto, de forma que as pessoas as valorizem adequadamente. Não admira que as pessoas afluam para onde haja comida espiritual inócua. Ao contrário do grande reformador João Calvino, que incentivava os alunos a falar na *voz familiar*[13], *obscurecemos a aplicação e relevância das doutrinas. Nós as tornamos difíceis de apreciar, muito menos de pronunciar. Somos nós que somos chatos, não as doutrinas que apresentamos.*

Como o escolasticismo da Idade Média, criamos lacunas impossíveis entre o homem comum e a verdade. Foi o que aconteceu quando os camponeses alemães estavam à mercê de uma igreja incompreensivelmente complexa e um clero elitista. Tudo era em latim. Este é o exato momento da história em que Martinho Lutero entrou na confusão e começou a falar "camponês".

As conversas de Lutero com seus oponentes teológicos eram acaloradas e, muitas vezes, recheadas de língua cáustica. Seu debate com Erasmo em *A Escravidão da Vontade* é lendário. Em alguns momentos, suas expressões são gritantemente vulgares. Só que Lutero não estava querendo ser bruto ou ofensivo por questão de ser bruto ou ofensivo. Estava reafirmando e demolindo os sofisticados argumentos da Igreja Católica Romana em uma língua que as massas entendiam. Tornou a

---

[13] T. H. L. Parker, *Calvin's Preaching* (Edinburgh: T & T Clark, 1992), p. 139.

mais complexa argumentação lógica e teológica, usada para reprimir as pessoas comuns, fácil de entender. De repente, a pessoa mediana sabia tanto quanto o sacerdócio. Por conseguinte, o "sacerdócio de todos os crentes". Lutero foi o teólogo do homem comum.

Não estou defendendo que empreendamos as mesmas táticas de Lutero, mas estou defendendo o mesmo objetivo: dê à sua congregação uma teologia funcional através da exposição da Palavra. Não é tarefa simples. De acordo com Agostinho, ficar com a mente em torno de Deus é como despejar o oceano todo em um buraco com uma concha de cada vez. E esta é a parte fácil. Assim que conseguirmos entender para nós mesmos, temos de nos voltar e apresentá-la de modo que não só exponha os erros históricos, mas também demonstre a sua aplicação em tempo real. Definições são uma coisa. Explicar a matriz teológica complexa e essencial na qual nossa fé se baseia em um formato de "amigável ao camponês" é outra.

Nas últimas cinco décadas, ninguém melhor explicou e corretamente representou a doutrina cristã do que R. C. Sproul. Ele colocou o oceano em um buraco a vida inteira. Ele é o Martinho Lutero de nossa geração, tendo educado e defendido a Igreja em uma língua vernácula que até a pessoa mais simples compreendeu e o estudioso mais sofisticado respeitou.

Sproul deixou um legado inestimável em seu rastro. Pouco importando de onde venha o ataque ao evangelho: liberalismo, ateísmo, pluralismo ou pelagianismo, ele interveio para repeli-lo, sendo o melhor exemplo que conheço de teólogo funcional. Ele tem essa qualidade tão rara entre os teólogos: *compreensibilidade*. Uma qualidade que todos, desesperadamente, almejamos e necessitamos.

R.C. Sproul

Um Homem Fluente em Latim e na Linguagem do Povo

O Ministério Ligonier foi fundado em 1971 para equipar os cristãos a articular o que creem e porque creem. Nosso maior desejo é "despertar tantas pessoas quantas possíveis para a santidade de Deus, proclamando, ensinando e defendendo sua santidade em toda a sua plenitude." Nossa visão é propagar a fé reformada para a igreja em todo o mundo.

Para atingir essa meta, o Ligonier esforça-se para fornecer ensino sólido que ajude a preencher a lacuna educacional entre a escola dominical e o seminário. Disponibilizando materiais de educação cristã, o Ligonier espera incentivar os cristãos leigos a serem transformados pela renovação da mente a fim de que sejam equipados para servir à Igreja e glorificar a Deus (Rm 12.2).[1]

[1] Renewing the Mind Ministries, "Ministry Purpose", One Place, http://www.oneplace.com/Ministries/Renewing_Your_Mind (acessado em maio de 2009).

Acompanhado por dois anciãos, conheci R.C. Sproul em um restaurante italiano em Orlando, onde ele gosta de almoçar duas a três vezes por semana, uma casa longe de casa. Os proprietários, cozinheiros e garçonetes o chamam pelo nome (como ele a eles). Tendo chegado à cidade na noite anterior, nos aventuramos a reconhecer o restaurante dando uma paradinha perto da hora de fechar. Aproximei-me de uma mesa de garçonetes, que estavam reunidas falando sobre o movimento do dia.

– Com licença. Iremos entrevistar R. C. Sproul aqui, amanhã, na hora do almoço e... – foi tudo que consegui dizer.

– R. C.? – disseram – O bom doutor!

Era como o Norm entrando no *Cheers**. Naquele momento, todas as minhas suspeitas foram confirmadas. Ele é e sempre será o teólogo das pessoas comuns. Um homem muito complacente com um intelecto não muito facilmente complacente. Há pessoas que falam frases em latim para impressionar. O uso de R.C. é despretensioso e natural. Ele pensa em latim. Louvo a Deus porque ele também pensa e fala na linguagem do povo. R. C. Sproul é um tesouro de valor inestimável para a Igreja. Ele é nosso teólogo residente há quarenta e cinco anos.

Foi uma das tardes mais impactantes que já passei com qualquer pessoa. Você tinha de estar lá. Ele é, definitivamente, de Pittsburgh. Falava naquela voz distintiva semelhante a Quasímodo, que se ouve no rádio, com uma espécie de refinamento áspero e curtido. Fez o pedido para o grupo. Conversamos com a boca cheia. A mão cobria educadamente o conteúdo, no entanto, falávamos sobre tudo, de gota a aulas de teatro. Houve risos guturais, momentos de silêncio extremo e tudo no entremeio.

O efeito do dia foi semelhante a assistir a uma conferência bíblica. Quando não são necessariamente os particulares que tocam você, mas o impacto global. Acho que isso se chama indelével. A experiência foi muito no sentido do que R. C. é como pessoa, um homem da renascença. Excelente jogador de golfe (antes do acidente de trem). Guitarrista talentoso. Pintor exímio. Filósofo letal. Teólogo hábil. Comunicador

* N. do T.: Cheers foi uma série de televisão longa e famosa nos Estados Unidos. Era o nome de um bar, ao qual Norm, o personagem principal, entrava de modo caracteristicamente cômico no início de cada episódio.

incrível. Pastor fiel. Diretor ministerial. Escritor prolífico. Professor talentoso. Estudioso inegável. Editor bem-sucedido. A lista é interminável. Mas no momento em que nos sentamos, ele nos fez sentir seus companheiros, seus amigos. Isto é exatamente o que ele faz de melhor do que qualquer teólogo que conheço. Era a razão pela qual que eu estava em Orlando.

Minha discussão com R. C. foi uma verdadeira mina de ouro. Não só sobre comunicação teológica, mas sobre comunicação em geral. Fiquei surpreso ao perceber como ele a leva a sério. Chegara ao lugar certo. Aprendi mais sobre os princípios da comunicação com ele em nossa reunião do que aprendi ao longo de toda a vida. É um amor pessoal para ele e um assunto ao qual ele dedicou quantidade enorme de pensamento.

Em certos pontos da conversa, R.C. pareceu aborrecido com a incapacidade dos pregadores em, eficazmente, comunicar doutrina. Sua reação à inépcia teológica da Igreja é como observar a frustração do técnico depois que o time falha em executar uma jogada básica. "Já devíamos saber dessas coisas!" Na história recente, ele tem andado de um lado para o outro ao lado da linha lateral da igreja com as mãos na cabeça. Definitivamente, deixamos a peteca cair.

Não é somente que ele acha que o que dizemos deve ser dito *corretamente*; é também que devemos dizer *bem*. Sua determinação é devida, em parte, ao valor da teologia em si. As construções teológicas que temos o privilégio de explicar para a congregação são as verdades mais importantes que os homens já ouviram. Os benefícios da precisão e fluência são incalculáveis. Cabe a nós explicá-las da melhor forma possível.

Impactando a mente da Igreja por quarenta e cinco anos

O Ministério Ligonier tem sido um componente principal do evangelicalismo por quatro décadas. Não surpreendentemente, seu público central não tem sido a sala de aula, mas os bancos da igreja. É incomum para ministérios dedicados à instrução teológica de alta categoria ser tão popular entre os "leigos". Ministérios dedicados à "propagação" da "fé reformada" não prendem a atenção da igreja. Temos um período de atenção notoriamente curto. Mas por alguma razão, R. C. sempre está conectado. Existem vozes fiéis similares, mas nenhuma com quase a mesma amplitude de impacto. Para entender o porquê e o que diferencia R.C., temos de voltar ao início. Voltemos a algumas experiências importantes que servem de gênese de seu amor pessoal. Estes momentos o dirigiriam a aprimorar a habilidade que observamos hoje e estabeleceriam o rumo de sua carreira profissional.

Como estudante universitário especializando-se em filosofia, fez um curso em conjunto para especializar-se em ciência: *A filosofia da ciência*. Dos quarenta estudantes na classe, apenas quatro se especializavam em filosofia. Os demais estavam estudando outras ciências. Os melhores trinta e cinco estudantes da turma de graduação estavam presentes. R. C. disse que esses alunos eram os melhores dos melhores do corpo discente. Os quatro estudantes universitários que se especializavam em filosofia tiraram nota máxima com a maior facilidade. Mas para sua surpresa, os estudantes que se especializavam em física, biologia, química e pré-medicina tiveram dificuldades para passar. Sem a capacidade de depender dos processos empíricos da observação e experimentação, ficaram à deriva. Não tinham capacidade para a investigação abstrata.

R. C. só pôde ficar olhando, frustrado. Colocou a culpa diretamente na incapacidade do professor de comunicar a matéria. Não era questão de inteligência ou falta de inteligência dos estudantes. Eram suficientemente inteligentes. O problema era duplo: a falta de domínio que o professor tinha da matéria e sua falta de interesse em saber se os estudantes tinham entendido a matéria. O professor estava no meio do caminho, estorvando a matéria. R. C. saiu dessa aula e entrou na igreja com um objetivo fundamental: sair do caminho.

Como já foi dito, é muito fácil presumir que o problema é a falta de entendimento da congregação. Este é um erro fundamental do pregador. É uma desculpa hipócrita. A humildade nos compele a começar examinando nossas explicações. Temos de culpar a nós mesmos primeiro. Nem sempre o problema é que não entendam, mas nós é que não entendemos. Não entendemos a nós mesmo se, portanto, estamos no meio do caminho, atrapalhando. Também não podemos presumir que seja falta de apreciação. Essa mentalidade carece de compaixão e está cheia de orgulho.

Não tardou muito para que R.C. se achasse enfrentando a mesma situação, desta feita, do outro lado da mesa, como professor universitário ensinando filosofia para calouros. Foi aqui que ele adquiriu experiência na instrução teológica.

> *O que aconteceu causou um impacto em mim pelo resto da vida. Primeiro, ensinei filosofia antes de ensinar teologia. Filosofia é assunto particularmente difícil. Intensamente abstrato, exigindo extraordinário uso da lógica para acompanhar os argumentos abstratos dos filósofos da história. As pessoas abordam a investigação teológica de maneira diferente. Nem todo mundo sabe o que esse tipo de informação está dizendo.*[2]

Segundo os caminhos de Deus, ao mesmo tempo R. C. foi convidado pelo seu pastor a ensinar uma classe de adultos sobre a pessoa e obra de Cristo. A classe era composta principalmente de profissionais dos mais diversos campos de atividade. De repente, viu-se diante da condição de ensinar conceitos complexos para duas audiências completamente diferentes.

Durante a semana, sua audiência era formada por alunos em cativeiro. Ele podia ser tão técnico quanto desejasse, porque a presença e participação dos alunos eram necessários. Mas no domingo, a audiência era voluntária: "Não tinham formação em teologia, mas tinham interesse em saber as coisas de Deus"[3] A presença deles não era uma exigência, e, sim, uma necessidade.

Como se verificou, comunicar-se ao nível dos leigos requereu muito mais habilidade do que ao nível universitário. O ponto? É preciso maior nível de capacitação para simplificar. Apesar do fato de R.C. sempre ter planejado ser "teólogo de campo de batalha" no mundo acadêmico, seu amor por leigos e seu amor por Deus o atraíam à igreja. Ao cumprir ambas as obrigações, ele encontrou a vocação.

> *Durante a semana, descobri que ficava entediado. E aos domingos, estava animado, porque as pessoas estavam respondendo com muita empolgação. [...] Quando estava ensinando a doutrina de Deus no seminário em sala de aula, o conceito teológico mais abstrato dentro da sistemática, aprofundando-me nos atributos de Deus, descobri*

[2] Sproul, *Entrevista*.

[3] Sproul, *Entrevista*.

que acontecia algo. O que os alunos estavam entendendo sobre o ser e o caráter de Deus seria elevado a um grau que nunca tinham experimentado antes. Eu estava causando um impacto quase palpável sobre eles, tanto nas reações quanto no crescimento cristão.[4]

Foi aqui que Sproul resolveu "preencher a lacuna educacional entre a escola dominical e o seminário". Foi aqui que objetivou passar a vida oferecendo a operários e médicos as mesmas realizações transformadoras de vida, ao mesmo tempo. Como ele disse: "Incomodava-me ver a experiência espiritual que os alunos estavam tendo quando examinavam a doutrina de Deus de forma acadêmica. Os leigos da igreja estavam perdendo tudo isso. Quero dizer que prega sobre a natureza e o caráter de Deus?"[5]

R. C. respondeu a pergunta com a própria vida. A combinação desses contextos ao longo dos anos criou essa estranha capacidade de falar com pessoas de qualquer nível de inteligência, sobre qualquer assunto teológico em determinado momento. Como R.C. explicou: "Sempre tive um pé no mundo acadêmico e o outro no mundo laico."[6]

Em certo sentido, nossa responsabilidade é a mesma. Devemos pregar com um pé nas coisas de Deus e o outro na sala de estar do nosso povo. R. C. descreve concisamente o desafio básico de sua experiência de ensino. Ele estava "ensinando filosofia para quem não tinha a intenção de se tornar filósofo."[7]

Nosso desafio como pregadores é apenas ligeiramente diferente. Ensinamos teologia a indivíduos que não percebem que são teólogos. Teologia é, por definição, o "estudo de Deus". Portanto, cada crente é um teólogo por ofício. Nosso trabalho é tornar a teologia evidente e agradável.

Derrubando ídolos

Somos idólatras por natureza. Nossos pensamentos sobre Deus estão por toda a página. Começamos a jornada muito longe do centro. Poderíamos dar um empurrão teocêntrico. Parte de nossa responsabilidade como pregadores é derrubar os ídolos populares para caírem com

[4] Sproul, *Entrevista.*
[5] Sproul, *Entrevista.*
[6] Sproul, *Entrevista.*
[7] Sproul, *Entrevista.*

o rosto em terra. Nós os derrubamos quando fazemos uma explicação clara da Bíblia. Ao pregarmos, confrontamos os mal-entendidos e as deturpações relacionadas a Deus que nossa congregação e nós tenhamos. De vez em quando, nos informam quando pisamos num dedo do pé teológico. Suas reações sensíveis estão muitas vezes camufladas em palavreado tradicional, do tipo "*sempre aprendi assim*". Este é sinal certo de um debate interno. Os desafios se revelam em perguntas que você recebe por e-mail ou, pessoalmente, ao término do culto. É de se esperar. Afinal de contas, não é fácil alguém admitir que a avó era uma herege.

Estes são os momentos em que temos de intervir e falar a *linguagem do povo*. Ensinamos com os pés firmemente plantados em ambos os lugares: na Palavra e no gabinete. Ou onde quer que nossa gente esteja na ocasião. É aqui que a simplicidade é tão importante. Certo escritor se expressou desta forma:

> *Como pregadores doutrinais, precisamos estar libertos da linguagem estéril e previsível usada na pregação. Esta linguagem é mais semelhante a flores de plástico empoeiradas do que a rosas cultivadas. O pregador doutrinal precisa usar uma linguagem que seja semelhante a da Bíblia; uma linguagem que tenha elasticidade e portabilidade para uso em nossa contemporaneidade. A doutrina não nos vem de alguma arena esotérica; ao invés disso, emerge das costuras da sociedade.*[8]

A sua congregação é formada por *teólogos não intencionais*. Quer percebam ou não, estão constantemente lidando com as questões mais importantes da vida. As mesmas questões com as quais os estudiosos em torre de marfim lidam. Deixe que questionem. Force-os a fazer perguntas difíceis pela pregação expositiva fiel. Quando perguntarem, saia do caminho (com tanta clareza quanto puder) e deixe-os lidar com os pedacinhos quebrados de sua teologia sentimental.

Para isso, temos de ser dominados pela mesma motivação de R. C., impactando a mente da igreja com Deus. Muitas vezes, perdemos esta oportunidade distorcendo até os conceitos mais fáceis. A confusão não é difícil. Estrago os anúncios todos os domingos. Imagine o que farei com a doutrina da eleição. Sei quando navego por cima das cabeças da minha congregação. Como R. C. destacou: "É como aquele antílope

---

[8] Robert Smith, Jr., *Doctrine That Dances*, p. 73.

que fica com olhos de farol". A doutrina portátil é um desafio. Independentemente do quanto tentemos, muitas vezes falhamos em nossas explicações. Mas animem-se, porque até os mais difíceis conceitos podem ser facilmente explicados. É preciso apenas trabalhar com afinco.

O simples é difícil.

> *"Ser difícil de entender é fácil. Ser fácil de entender é difícil." [...] "Por simples, não quero dizer simplista. O simplista é superficial. O simples não é."*
> *— R.C. Sproul*

O leigo desavisado ficaria surpreso ao saber as batalhas que são travadas apenas para processar conceitos mínimos e sermões médios. Pode ser extremamente angustiante. Como diz o ditado: "Ser difícil de entender é fácil. Ser fácil de entender é difícil". R. C. observou: "Por simples, não quero dizer simplista. O simplista é superficial. O simples não é."[9]

Para ser simplista, você precisa apenas regurgitar os fatos. É uma reafirmação do óbvio, um comentário prolongado e um embuste perfeito de um tranquilizante humano. Ser simples requer um nível de consciência e convicção muito profundo, o qual pode ser alcançado apenas por nos impulsar além dos limites de nosso entendimento básico. Simples é uma explicação "de bolso" do profundo. É dizer uma coisa que, em si mesma, pode ser complexa, de uma maneira que qualquer pessoa entenda. O simples não é tão fácil quanto parece. Como já foi dito, a clareza começa com você entendendo. R. C. apresenta sua própria interpretação acerca desta ideia crítica:

> *Se você não tem a habilidade de explicar o conceito para uma criança de seis anos, então você não o entende para você mesmo. Em outras palavras, simplificar sem distorcer exige um profundo domínio do que você entende do conteúdo. E assim, se você entende, pode comunicar. Se não entende, pode apenas transferir informações do seu notebook para a próxima geração.*[10]

Isto me dá um novo respeito pelos professores de escola dominical, sem falar pelas crianças de seis anos. Mas não se pode negar a verdade desta observação. É fácil supor que as expressões vitrificadas das pes-

---

[9] Sproul, *Entrevista*.
[10] Sproul, *Entrevista*.

soas que ouvem nossa pregação sejam revelações da incapacidade de entender. Na realidade, o problema é o nosso entendimento, não o delas. Quando não sabemos explicar claramente, é porque não entendemos. Quando entendemos, então os outros também entenderão.

O que todo mundo pensa que já sabe

Ninguém exemplifica este princípio mais do que R. C. Ele tem uma maneira de apresentar não apenas o significado de uma doutrina, mas também sua importância. Em poucos minutos, ele descasca as camadas dos mal-entendidos que têm o costume de fixar-se nas doutrinas complexas. Expõe o ponto de nossos equívocos e o ajusta. Muitas de suas explicações são concisas e argutas. Vemos não só o que temos de entender, mas também como entendemos erroneamente.

Em certa conferência, vi-o expor o equívoco coletivo da audiência a respeito da imputação e justificação. O que tornava tudo mais impressionante eram os eventos que, na época, ocorriam no evangelicalismo. *Evangélicos e Católicos Juntos* (ECJ), um documento que apregoava a co-beligerância entre católicos e evangélicos, estava sendo assinado por um número surpreendente de evangélicos conservadores. O mundo protestante estava em chamas com respostas condenando a incongruência da união. De repente, todo mundo era especialista na doutrina protestante da justificação e em sua incompatibilidade com o ponto de vista de Roma.

R. C. assumiu a plataforma e declarou:

– Acredito que vocês são salvos por obras! Vocês não podem ser salvos sem obras. Pensar o contrário é negar o evangelho.

Pode imaginar a reação? As pessoas ficaram perplexas. Ele deixou que a reação visível continuasse por um momento e, então, completou:

– Não as minhas obras, é claro. As obras de Cristo.

Sproul foi ardiloso. Havia um leve sorriso no rosto. Evitei por um mês explicar esse evento para a minha congregação. Em meio à histeria sobre o ECJ, esquecemos que a justiça (obras) é uma condição indispensável para a nossa salvação. A verdadeira questão é: "Quem satisfaz a condição?" Com certeza, não somos nós. Nosso debate com a Igreja Católica não é sobre a necessidade de justiça, mas sobre o meio pelo qual ela é obtida. O método de Sproul foi brilhante. Naquele momento, compreendi inteiramente a doutrina da justificação, bem como o público presente também compreendeu.

Há muitos outros lugares em que este tipo de ajuste reforça radicalmente o que nossa congregação entende das doutrinas básicas. Estes lembretes contraintuitivos são fortes. Consideremos, por exemplo, a cristologia. De uma forma ou de outra, cada livro do Novo Testamento é uma defesa de Cristo e sua natureza. As oportunidades para aprofundar o que nossa congregação entende sobre o Salvador são ilimitadas. Isto é verdadeiro, mesmo com uma doutrina desconcertante como a *kenosis*.

As pessoas, em sua maioria, entendem errado o que Paulo quis dizer quando disse que Jesus "se esvaziou" (Fp 2.7, ARA). Presumem que significa que Jesus abriu mão de seus atributos divinos quando assumiu a humanidade. Entendem que "esvaziar" significa "dispensar". Como se tivesse deixado sua divindade no céu, abandonando atributos como a onisciência e a onipotência. Essa opinião é comovente, mas incorreta. De acordo com as Escrituras, nada poderia estar mais longe da verdade. "Porque foi do agrado do Pai que toda a plenitude nele habitasse" (Cl 1.19). "O qual, sendo o resplendor da sua glória, e a expressa imagem da sua pessoa, e sustentando todas as coisas pela palavra do seu poder" (Hb 1.3). Ele é totalmente Deus e totalmente homem. Por "se esvaziou", Paulo estava indicando o sacrifício abnegado e a obscuridade na morte de Cristo, não o abandono de seus atributos divinos. Ele tornou-se nada.

Esta é modificação extremamente crucial. Quando entendemos assim, o ato de Cristo vai do meramente tocante para o infinitamente mais do que imaginávamos. Seu sacrifício é mais notável, quando percebemos que a sua divindade lhe estava à disposição. É repreensão incrível à nossa capacidade ilimitada de autodefesa.

Cristo poderia ter deixado este planeta na primeira vez que seu estômago roncou de fome, sem falar que Ele poderia ter transformado pedras em pão. É o que o apóstolo estava dizendo quando escreveu que Cristo, "sendo em forma de Deus, não teve por usurpação ser igual a Deus" (Fp 2.6). Nunca usou qualquer um dos seus atributos divinos para diminuir as exigências da justiça de Deus ou atenuar o seu sofrimento. A única vez que empregou seu poder divino foi para servir os outros. Com isso em mente, sua humildade é infinitamente maior.

Então, Jesus disse-lhe: Mete no seu lugar a tua espada, porque todos os que lançarem mão da espada à espada morrerão. Ou pensas tu que eu não poderia, agora, orar a meu Pai e que ele não me daria mais de doze legiões de anjos? Como, pois, se cumpririam as Escrituras, que dizem que assim convém que aconteça? (Mt 26.52-54)

"Não sei" nunca dói

A capacidade retórica de R. C. vai muito além dos limites deste trabalho. Caso você já o tenha visto em pessoa, sabe o que quero dizer. Ele é comunicador bem treinado, extremamente qualificado e vastamente experiente. No entanto, foi aqui que fiquei sabendo da verdadeira origem da comunicação teológica eficaz: a humildade. Sproul nunca presumiu que sua utilidade tivesse a ver com sua competência. Sua *teologia* não o deixaria fazer isso.

> *Quando subo ao púlpito, tenho um sentimento fundamental de impotência. O Espírito tem de acompanhar a palavra com poder. Qualquer coisa que eu faça é fútil, a menos que o Espírito o acompanhe. Meu trabalho é ser tão preciso quanto possa ser o meu entendimento e tão dinâmico quanto possa ser a minha apresentação. Mas não confio em nada disso, pois nada disso causará impacto. Depende do Espírito. Caso contrário, não terá efeito.*[11]

Queria muito que ele não tivesse dito isso. Impotência? Mesmo? Perceber que um homem da capacidade de Sproul se sinta impotente é extremamente humilhante. Ouvi-lo admitir a futilidade de suas habilidades é embaraçoso para nós, que estamos tão ocupados fazendo conexões entre nosso nível de preparação e nossa eficácia no púlpito. Na maioria das vezes, diz respeito a nós. Temos de trabalhar duro, mas nunca devemos nos esquecer de onde vem o verdadeiro poder. Falando sério, depois de quarenta e cinco anos de prática, quem está mais preparado do que Sproul?

> *Sei bastante teologia para saber que não importa o quanto eu seja talentoso. Isso não tem poder. Você pode fascinar as pessoas. Você pode despertar o interesse das pessoas. As pessoas podem responder*

[11] Sproul, *Entrevista*.

> *à pregação, mas não penetrará em suas almas, a menos que o Espírito a acompanhe.*[12]

Quando perguntei se um "sentimento fundamental de impotência" era uma necessidade para todo pregador, ele brincou:

– Ajudaria. Mas honestamente, há indivíduos que são impotentes mesmo com o Espírito Santo![13]

R.C. é humilhado por tudo o que sabe, não exaltado. Faz pleno sentido, tendo em vista que a humildade de espírito é o ponto de partida e o resultado inevitável de toda investigação teológica sincera (Pv 1.7). Particularmente, a soteriologia reformada. É preocupante ver os calvinistas, sobretudo os que, recentemente, descartaram o arminianismo, orgulhosamente empurrarem a teologia reformada goela abaixo da primeira que pessoa que encontram. É o efeito oposto exato que se deve esperar. Uma atitude condescendente ou elitista sempre ficará no caminho da simplicidade.

O ensino de R. C. vem com uma rara humildade de espírito entre os teólogos cultos. É, em parte, esta ausência de presunção e arrogância que atrai as pessoas para as suas explicações. Uma graciosa humildade de espírito surge através de toda sua investigação teológica. Isso é verdadeiro, mesmo quando ele enfrenta questões teológicas extremamente mais exigentes. Ao tratar da queda de Adão e Eva no jardim do Éden, R. C. comentou:

> *Somos criaturas decaídas. Só que Adão e Eva não foram criados decaídos. Eles não tinham natureza pecaminosa. Eram boas criaturas com uma vontade livre. Ainda assim, escolheram pecar. Por quê? Não sei. Nem encontrei ninguém ainda que saiba.*[14]

Enquanto discutia a soberania de Deus na salvação, por que alguns são salvos e outros não, Sproul admitiu suas limitações mais uma vez:

> *A única resposta que eu posso dar a esta pergunta é que eu não sei. Não tenho ideia por que Deus salva alguns e não todos. Tenho*

---

[12] Sproul, *Entrevista.*

[13] Sproul, *Entrevista.*

[14] R.C. Sproul, *Chosen by God* (Wheaton: Tyndale, 1986), p. 31. [Edição brasileira: *Eleitos de Deus* (São Paulo: Cultura Cristã, 2002), p. 21).]

certeza de que Deus tem o poder de salvar todos, mas sei que Ele não escolheu salvar todos. Realmente não sei o porquê.[15]

Devemos seguir o exemplo de R. C. Sproul. Nossas congregações precisam observar o mesmo tipo de honestidade em nós. Admitir a derrota intelectual diante dos maiores mistérios de Deus não reduzirá o respeito que a nossa congregação tem por nós, tanto quanto aumentará a reverência deles por Deus. Fomenta uma humildade corporativa. Pôr a mão sobre a boca, como Jó, nesses momentos é realmente boa teologia. Não estou sugerindo que não existam respostas racionais para perguntas difíceis, mas certa dose de mistério é saudável. Um bem colocado "não sei", de vez em quando, comunica mais do que imaginamos.

Faça esta pergunta: Onde está o drama?

Passamos por tantos momentos de fazer cair o queixo. Não apenas os momentos óbvios, mas os sutis também. Perdemos oportunidades de impactar a mente do nosso povo com o seu Deus. Deixamos de demarcar o movimento teológico na passagem e atrair nosso povo à grandeza divina. Passamos correndo às pressas por esses momentos para chegarmos à "aplicação". Passamos a toda velocidade pelas verdades que nos acenam para parar e refletir. Ou nossa sistemática é rudimentar. Nossa falta de consciência permite que as conexões fujam.

R. C. passou a maior parte da vida ensinando teologia sistemática. Na última década, ele tem praticado pregação expositiva consecutiva. Isto levanta uma pergunta legítima e, muitas vezes, feita. Que papel a teologia exerce em nossa exegese? Em qual fase ela vem? Obviamente, a exegese precede a sistemática. É a ordem natural das coisas. Mas parte de nossa responsabilidade como exegetas é tornar óbvio as conexões teológicas. Faz parte de defender a verdade e esclarecer nossa congregação. Eis porque R. C. revela-se um exemplo. Todos esses anos ensinando teologia deram-lhe um olho para isso no texto.

Todavia, a pergunta permanece: O que fazemos para que a teologia no texto ganhe vida sem violar a prioridade da exegese? A resposta

---

[15] Sproul,*Chosen by God*, p. 37. [Edição brasileira: *Eleitos de Deus* (São Paulo: Cultura Cristã, 2002), p. 26.]

de R. C.? Procure o drama. Como ele declarou: "Há drama em todo texto". Ou seja, há um contexto, circunstância e intenção subjacente à passagem. As passagens que estudamos para pregar foram escritas para pessoas reais em situações reais.

Independentemente do gênero, cada texto foi escrito para certa situação, para atender certa necessidade, para retransmitir certa lição ou para captar certo momento da providência. Há tantos elementos teologicamente dramáticos em cada seção das Escrituras que não dá para esgotá-los em dez sermões, muito menos em um. Como R. C. ressaltou: "Há suficiente drama em um dia de nossa vida para escrever um livro de quinhentas páginas. Só depende do quanto prestamos atenção". Nosso trabalho é prestar atenção em nosso estudo.

Somos, muitas vezes, tão profundos nos detalhes da exegese que não notamos o que o autor bíblico quer realmente dizer. Uma dificuldade frequente dos pregadores expositivos é a incapacidade de apreciar a floresta olhando fixamente os nós das árvores. Este tipo de miopia afeta grandemente a entrega da mensagem. Nunca chegamos a ver os detalhes que desenterramos a três metros da perspectiva de trinta mil. Não há consciência do tema bíblico mais amplo ou do argumento que une os detalhes. Os elementos do sermão são como as peças de uma bicicleta desmontada. Interessantes, mas inúteis. É neste ponto que as pessoas lutam para nos acompanhar. Esse contexto (ou drama) mais amplo é como a foto da bicicleta na caixa de onde veio. Ajuda-nos a manter o produto final em vista.

Chip e Dan Heathex põem este exato argumento no utilíssimo livro *Ideais que Colam*. Contam a história de como um bem-sucedido escritor aprendeu a lição de como prestar atenção, desde o início, em uma aula de jornalismo. Certo dia, o professor mandou os alunos escreverem uma manchete de jornal baseada em alguns detalhes específicos entregues em sala de aula. O trabalho era examinar os detalhes e, em seguida, retransmitir o destaque principal por meio de uma declaração breve e sucinta. Os autores contam a história:

> *O professor recitou rapidamente os fatos: "Kenneth L. Parker, o diretor da Beverly Hills High School, anunciou hoje que a escola inteira viajará a Sacramento na próxima quinta-feira para um colóquio sobre novos métodos de ensino. Entre os palestrantes estarão*

a antropóloga Margaret Mead, o reitor da faculdade Dr. Robert Maynard Hutchins e o governador da Califórnia Edmund 'Pat' Brown."[16]

Os resultados dos estudantes foram típicos quando escreveram algumas versões a respeito: "O governador Edmund Pat Brown, Margaret Mead e Robert Maynard Hutchins farão uma palestra na faculdade da Beverly Hills High School em Sacramento... bláblábla."[17]

Depois que o professor examinou os textos, ele surpreendeu a todos declarando: "A manchete principal é 'Não haverá aula na próxima quinta-feira.'"[18] O impacto foi indelével:

> *Foi um momento de tirar o fôlego. [...] Naquele instante percebi que jornalismo não diz respeito a apenas regurgitar fatos, mas ao que significa. Não bastou saber quem, o quê, quando e onde. Vocês tinham de entender o que significava e por que isso importava.*[19]

Estamos lidando com realidades divinas e a constante época da providência e graça de Deus. Por isso, cada detalhe leva a uma realidade de tirar o fôlego. Não é apenas o jornalístico "quem, quê, quando e onde". Há também o *porquê*. E é o *porquê* que estamos procurando. O contexto de uma particularidade fornece a oportunidade para mostrar a importância de determinada doutrina. Como certo autor destaca, isto levanta importantes questões *hermenêuticas* e *epistemológicas* para alguns.[20] No entanto, se presumirmos que Deus desejava entregar uma mensagem para um público específico e esse público podia entendê-la, então também podemos obter *quase* o mesmo significado e mensagem por meio do estudo diligente.

Examinemos o episódio de Jesus curando o paralítico, registrado em Lucas 5.17-26. Já fui interrompido enquanto pregava: um bebê cho-

---

[16] Heath and Heath, *Made to Stick*, p. 75. [Edição brasileira: *Ideias que Colam: Por que Algumas Ideias Pegam e Outras Não* (Rio de Janeiro: Campus, 2007).]

[17] Ibid., p. 75.

[18] Ibid., p. 76.

[19] Ibid.

[20] Kevin J. Vanhoozer, *Is There Meaning In This Text?: The Bible, the Reader, and the Morality of Literary Knowledge* (Grand Rapids: Zondervan, 1998).[Edição brasileira: *Há um Significado Neste Texto?* (São Paulo: Vida, 2010).]

rando, um celular tocando, mas nada é mais tão perturbador quanto um paralítico acrobático. Imagine você dando um estudo bíblico em casa, quando ouve o barulho de pés andando no telhado, um súbito clarão de luz e uma chaminé improvisada aparecem. Da nuvem empoeirada do telhado, um homem aleijado em um estrado é abaixado ao chão. Não foi de forma alguma uma descida sincronizada como Hollywood retrataria. Sem dúvida, foi brutalmente balançado até ser depositado no chão, dependurado como uma marionete, aos pés de Jesus. Seria impossível de ignorar. O sermão de Jesus foi interrompido.

Posso imaginar a cena pouco antes desse momento. O homem inerte é transportado às pressas por toda a cidade em uma ambulância bruta de braços e mãos.

– Por favor, poderiam me levar até Jesus? – E foram correndo pelas ruas com seu amigo a reboque. Por que o telhado? Problemas de espaço. Havia lugares apenas para ficar de pé para ouvir a Jesus. Quando chegaram, o paralítico ouve a notícia decepcionante:

– Desculpe, amigo, está lotado. Não há como entrar. Quem sabe da próxima vez.

Posso ver o desespero nos olhos, quando implora:

– Se vocês me amassem, vocês me fariam entrar até onde Jesus está.

Com isso, dão um jeito de subir ao telhado frágil do século I. Ele é içado e arrastado até ao ponto exato acima do som da voz de Jesus. Começam a "cavar" para salvar a vida do amigo, retirando as telhas.

Verdadeiramente, é uma cena impressionante. Esta história será pregada. No entanto, na maioria das vezes em que a ouvi pregada, perde-se o ponto principal da história. Os sermões que ouvi são sobre a importância da amizade ou como o serviço sacrificial deve ser. Em outras palavras, moralizamos a história real relegando-a ao esquecimento. Não há dúvida de que esses amigos são fiéis. Jesus mesmo lhes reconhece a fé. Mas a fé *deles* não é o ponto principal. O objeto da fé deles é a mensagem. O ponto principal de tudo, ou seja, o drama, encontra-se na conversa contraintuitiva que ocorre entre o paralítico e Jesus. Dê outra lida, e você verá o que quero dizer. Quando o paralítico está aos pés de Jesus, o leitor espera que o Senhor diga: "Levanta-te e anda". Um paralítico acaba de ser colocado a seus pés de forma dramática. Ele curou milhares de pessoas. Estamos condicionados pelo evangelho a esperar esse mesmo resultado aqui. Presumimos, também, que o maior interesse do jovem seja a sua condição física. Por que mais ele estaria ali? Não é pelo que estaríamos mais interessados? A resposta de Jesus prova cada um destes pressupostos errados.

Jesus diz-lhe: "Homem, os teus pecados te são perdoados". É inesperado. Se visto fora do contexto, aparenta ser cruel. Só que Jesus sabe o que está no coração do paralítico. O contexto prova isso também (Lc 5.22). Podemos concluir pela declaração de Jesus que o que verdadeiramente preocupava o homem não era a paralisia, mas sua situação diante de Deus. Dada a ênfase que a cultura da época colocava na retribuição, é bem possível que ele visse sua condição física como algum tipo de julgamento divino. Em outras palavras, a paralisia daquele homem era uma demonstração do desfavor de Deus.

Sem condição física de participar da cerimônia ou cumprir as exigências da religião de Israel, o homem seria abandonado para sofrer dúvida intensa. Ele ficaria sobrecarregado (mais do que a maioria) pela ansiedade peculiar do moralismo. Ele era impotente, sem mérito, sem trabalho, sem obras, sem credenciais. Foi levado a colocar a confiança em Cristo. Tudo que lhe restava era a fé. Que ótimo lugar para estar.

Em outras palavras, ele é o retrato perfeito da *Sola Fide*, ou seja, a justificação somente pela fé. Esse é o ponto principal (Lc 5.24). Está provado pela resposta dos líderes. Imediatamente, objetaram: "Quem é este que diz blasfêmias? Quem pode perdoar pecados, senão Deus?" Duas observações entram em vista. Em primeiro lugar, eles não tinham ideia de que Jesus era o próprio Deus. De forma irônica, respondem inadvertidamente a própria pergunta. Em segundo lugar, a ideia da justificação imediata abriu um buraco em seu céu. Era um conceito impossível para eles compreenderem. Quem poderia ser feito justo em um momento? E quanto às obras? E quanto ao mérito do homem? Não podia ser tão fácil assim. Como Nicodemos que fez as mesmas perguntas no seu debate, tarde da noite, com Jesus: "E quanto a todas essas coisas que eu fiz?"

A fim de colocar os líderes em seu lugar e provar sua divindade e autoridade, Jesus, instantaneamente, cura o homem de sua condição incapacitante. Literalmente, o rapaz se levanta, com sua antiga prisão enfiada debaixo do braço, e anda pelo mar de gente. Desta vez, o barulho de pés andando no telhado se move para a borda do telhado. Lá, acima da porta, estão os rostos de seus amigos olhando maravilhados de olhos arregalados. Sem meses de reabilitação. Sem alongamento. Sem treinamento de resistência. O perdão ignora essas coisas. Aqui, nesta casa cheia de moralistas sobrecarregados (com pernas e braços perfeitos), o paralítico é o único que, verdadeiramente, sai andando em paz. Em outras palavras, não perca o verdadeiro milagre: *o perdão.*

Posso imaginar a família quando ele entra andando pela porta da frente, talvez pela primeira vez na vida. Bem, para dizer a verdade, não posso imaginar como seria. "Espantados" não é palavra suficiente para descrever. Lucas diz que todos "ficaram maravilhados, e glorificaram a Deus". Foi uma balbúrdia de euforia. Tendo as coisas se acalmado, o ex-paralítico diz para a sua família boquiaberta:

– Vocês não vão acreditar no que me aconteceu hoje!

Eles riem como se ele estivesse tentando fazer graça, mas ele está sério. Em seguida, completa:

– Os meus pecados foram perdoados. E vocês também podem ter os pecados perdoados.

Este é o drama.

Se você não tem a habilidade de explicar o conceito para uma criança de seis anos, então você não o entende para você mesmo. Em outras palavras, simplificar sem distorcer exige um profundo domínio do que você entende do conteúdo. E assim, se você entende, pode comunicar. Se não entende, pode apenas transferir informações do seu notebook para a próxima geração.

– R. C. SPROUL

Capítulo Quatro

Amor e o Entusiasta Guiando outro Entusiasta

É pecado aborrecer as pessoas.[1]
R. C. Sproul

Se me perguntassem: Qual a qualidade deveras essencial de um ministro cristão que assegura êxito na conquista de almas para Cristo? Eu responderia: "fervor". E se me fizessem a mesma pergunta uma segunda e uma terceira vez, não mudaria a minha resposta, pois a observação pessoal me leva a concluir que, em regra, o verdadeiro sucesso é proporcional ao grau em que o pregador é fervoroso. Tanto os grandes homens como os de menor vulto obtêm bom êxito se vivem inteiramente para Deus; caso contrário, falham.[2]
– Charles Haddon Spurgeon

A altura que todo sermão deve subir

Ainda me lembro do momento em que meu professor de história, decano do departamento, deslizou a cadeira de madeira acadêmica, virando-a de costas contra a mesa, que tinha um formato de arca. O

[1] Sproul, *Entrevista.*
[2] Charles Haddon Spurgeon, *Lectures to My Students*, Complete and Unabridged (Grand Rapids: Zondervan, 1954), p. 145. [Edição brasileira: *Lições aos Meus Alunos*, 3 Vols. (São Paulo: PES, 1992).]

esfregamento da madeira no assoalho de tacos assustou toda a classe. Muitos que dormiam acordaram. Nossas cabeças simultaneamente empinaram em atenção. Todos estávamos olhando, espantados, quando este requintado estudioso sulista, de repente, subiu ao seu palco improvisado. Tema do dia? Os mártires do reinado de Maria. Quase trezentos pastores, líderes e leigos fiéis perderam a vida nas mãos cruéis dessa rainha. Alguns sofreram mortes excruciantes. Suas vidas e mortes são fonte permanente de inspiração para a Igreja. Porém, é fácil de admirar a coragem de um mártir, quando você está confiante de que o respingo desse sangue não chega até você. Era intenção do meu professor levar-nos a campo.

De perto, os evangélicos contemporâneos são menos propensos a desmaiar. Muitos de nós ficaríamos escandalizados ao conhecer a verdade acerca dessas mortes. E quanto à razão de estarem dispostos a serem queimados vivos. Resposta curta? *Palavras*. Opunham-se a qualquer explicação ou texto que afirmasse a "presença real" de Cristo nos elementos da mesa do Senhor. Recusavam-se a reconhecer a eficácia da missa católica conforme exigida pela rainha Maria. Para ser franco, foram reunidos e assassinados por um "tecnicismo".

Muitos veriam isso como um trágico desperdício. Um pequeno bate-boca entre adversários cabeçudos. Tolos até. Que diferença faz se a pessoa confessa a presença real na mesa do Senhor ou não? Afinal, são apenas palavras. Não são praticamente as mesmas ideias expressas de formas diferentes? Por que não apenas dizê-las? Mas afirmações como estas são ingênuas e perigosas. A mesma resposta que aqueles que não têm nada pelo que morrer oferecem. Como J. C. Ryle disse:

> *Será que os reformadores ingleses estavam certos em ser tão firmes e inflexíveis sobre esta questão da presença real? Era um ponto de vital importância que os justificava se morressem a ter de aceitá-lo? Estas perguntas, suspeito, são muito intrigantes para pessoas que não pensam refletidamente. Pessoas essas, receio, que veem na controvérsia sobre a presença real que não passa de... guerra de palavras.*[3]

---

[3] John Charles Ryle, *The Christian Leaders of the Last Century: Or England a Hundred Years Ago* (Moscow, Idaho: Charles Nolan, 2002), p. 58.

Mas não será mesmo uma "guerra de palavras" se essas palavras são tudo e a diferença entre um condenatório falso evangelho do mérito e o verdadeiro evangelho da graça de Deus? Faríamos bem em lembrar que um "tecnicismo" está no cerne do evangelho. Paulo o chamou de a "verdade" dentro do evangelho, que se distingue de todas as outras religiões:

> *E isso por causa dos falsos irmãos que se tinham entremetido e secretamente entraram a espiar a nossa liberdade que temos em Cristo Jesus, para nos porem em servidão; aos quais, nem ainda por uma hora, cedemos com sujeição, para que a verdade do evangelho permanecesse entre vós.* (Gl 2.4-5)

Como Ryle continuou explicando, a capitulação neste ponto, sob qualquer forma, equivale a negar o evangelho, "se levado às suas legítimas consequências, obscurece toda doutrina importante do evangelho danificando e interferindo com todo o sistema da verdade cristã."[4]

Digamos apenas que o meu professor se importava com palavras. Preocupava-se com os *detalhes* da verdade. Tanto assim, que estava disposto a abandonar sua dignidade para provar essa importância. Mas o que o impulsionou não era tanto o tema quanto a nossa indiferença para com ele. Ele estava nitidamente perturbado. De cima da mesa, ele discordou da gente. Com as mãos amarradas acima da cabeça, com cordas invisíveis e de pé sobre a ponta dos dedos, ele demonstrou o efeito de ser "pendurado, arrastado e esquartejado", que era a pena por alta traição. Eu nunca teria dado muita consideração a essa expressão. Hoje dou. Ele começou:

– O mártir, como muitos o foram, era içado e amarrado a postes *[pena: pendurado]*. Forçavam água pela goela abaixo da vítima.

Apontando para o corpo da própria gravata, continuou:

> *Ainda em pé nas chamas, estando a barriga bem estufada, cortavam-na pelo meio com um golpe só. As entranhas assavam em uma frigideira bem na frente da vítima. Em determinado momento, amarravam os intestinos às rédeas de um cavalo. Ao comando do carrasco, o cavalo era chicoteado [pena: arrastado]. O resultado*

[4] Ryle, *The Christian Leaders of the Last Century*, pp. 58-59.

era devastador. Pouco antes de expirar, o carrasco empalava a vítima para acabar com o tormento desse sofrimento. Os restos mortais eram, em seguida, cortados em pedaços [pena: esquartejado] e queimados.

Olhares de horror pululavam a sala de aula. Mãos sobre a boca. Lágrimas nos olhos. As criaturas mais letárgicas da terra, os universitários, tinham ficado comovidos. Então, ele gritou:

– Apanhem lenha, gente! Quem está pronto para morrer?

Quando concluiu, o empoleiramento em cima da mesa fazia total sentido. O assunto era digno de *altitude*. Entendi. Todo mundo entendeu. *Palavras* importam. Por algumas vale a pena morrer. Não as considere inquestionavelmente. Ele desceu, colocou a cadeira de volta no lugar e anunciou:

– Classe dispensada.

Satisfeito por ter executado a nossa ingenuidade, saiu. Foi a palestra mais eficaz da minha formação acadêmica, da pré-escola à pós-graduação. Nunca vira tanta amor sincero utilizado com tamanho efeito. Nem mesmo atrás do púlpito. Nem mesmo até hoje.

Em todos os meus anos como estudante, nenhum professor, antes ou depois, subiu na mesa. Tenho certeza de que a média geral das minhas notas teria sido muito maior caso houvesse mais professores como ele. O amor é potente. Eis algo especialmente verdadeiro no que tange à pregação bíblica. Diz o que palavras não podem dizer e reforça as palavras que falamos. O amor oferece ao ouvinte a oportunidade de sentir o impacto da verdade. A sinceridade apaixonada arranca a Igreja até do fogo do inferno, ou faz com que ela veja as manchas de sangue na cruz, ou ouça o eco do túmulo vazio. Como disse alguém: "Transforma em olhos os ouvidos".

Uma crítica frequente da pregação bíblica é sua falta de vontade de "subir na mesa". Falta-lhe a altitude. Todavia, a inércia faz pouco sentido, levando em conta a realidade do método expositivo, que fica face a face com a mente de Deus em sua Palavra. Nossa vida está cheia de momentos de "subir na mesa". Estupendas realizações e surpreendentes ideias. Pelo menos deveria estar. A pregação expositiva e o amor não são realidades mutuamente exclusivas. Uma é consequência da outra. Os pregadores expositivos devem ser os primeiros a subir na mesa.

Não apenas em prol do efeito desejado, mas também porque o assunto é digno de certa altura. Se mais de nós agirmos assim, mais de nosso povo entenderá. E alguns podem até acordar.

Usar luvas de pelica

Sei que nesse assunto há espaço para ceticismo. Nem toda demonstração de entusiasmo atrás do púlpito qualifica-se como amor cheio do Espírito. Existe um tipo de amor demonstrado na pregação que pertence ao teatro. Seu ritmo monótono tem um tom artificial. É muito mais performance que pregação. Em algum lugar na margem das notas da pregação está escrito: "Levante suas mãos aqui". Quando ouço, tenho a tendência a expressar impaciência.

Há outro amor na pregação que pertence à sala de interrogatório. Alguém, em algum lugar, está sendo interrogado. A voz é estridente, irritadiça e consistentemente penetrante. Em alguns pontos das notas da pregação está escrito: "Grite aqui... e aqui... e aqui". Quando ouço, tenho a tendência a abaixar o volume.

Há, ainda, outro tipo de amor na pregação que pertence a Oprah. É suave, convidativa e complementada por luzes e golas rulês. É mais uma conversa afável do que pregação. Em algum lugar nas notas de pregação está escrito: "Pareça sincero aqui. Pareça casuísta aqui". Por algum motivo, quando ouço, me dá vontade de tomar café com leite.

> *É mais uma conversa afável do que pregação. Em algum lugar nas notas de pregação está escrito: "Pareça sincero aqui. Pareça casuísta aqui."*

Há outras espécies, mas estas são mais fáceis de detectar a falsidade. Apesar do tom, nenhuma representa, necessariamente, verdadeiro amor. Na maioria, são macetes estritamente retóricos. O que têm em comum é a *falta de sinceridade*. Não importa a forma, quando o amor do pregador carece de sinceridade, você sente como se tivesse entrado em uma área cheia de carros usados. É insultante. "Discurso persuasivo" é enganoso e perigoso, quando a cruz está ausente. Paulo advertiu sobre o amor que usa luvas de pelica:

> *Pelo que, tendo este ministério, segundo a misericórdia que nos foi feita, não desfalecemos; antes, rejeitamos as coisas que, por vergonha, se ocultam, não andando com astúcia nem falsificando a palavra de Deus; e assim nos recomendamos à consciência de todo homem, na presença de Deus, pela manifestação da verdade. (2 Co 4.1-2)*

Por outro lado, quando a sinceridade e o amor se encontram, quando a genuína convicção resulta em um apelo apaixonado, o estilo é irrelevante. Não importa se o pregador é dramático, estridente ou coloquial. Você acredita nele. Amor é mais do que volume. Amor é a óbvia sinceridade da convicção amplificada através do talento, disposição e características do pregador. Spurgeon a chamou de *fervor* e entendia que era o elemento mais importante no estilo de qualquer pregador. Sua avaliação é surpreendente: "A observação pessoal me leva a concluir que, em regra, o verdadeiro sucesso é proporcional ao grau em que o pregador é fervoroso. Tanto os grandes homens como os de menor vulto obtêm bom êxito se vivem inteiramente para Deus; caso contrário, falham."[5]

O fervor é característica evidente na pregação. Quando estou fora do púlpito em um domingo, um membro do ministério ou um pregador convidado ocupa o lugar no púlpito. Assim que volto, seu sermão não é a primeira coisa que ouço. Também não é a primeira coisa a que presto atenção. O que ouço (e presto atenção) é o impacto de seu sermão na reação da congregação. Os sermões que são *fervorosos* deixam os ecos mais permanentes. Conheço algo da qualidade do sermão antes de ouvi-lo.

Lógico que nunca ouvi George Whitefield pregar. Mas ainda ouço seus sermões. Ouço seu eco centenas de anos depois. É um dos pregadores mais fervorosos da história. Tão fervoroso que foi vilipendiado pelos seus contemporâneos por ser um "entusiasta". Era uma crítica que ele estava feliz em aceitar, mas que muitos outros pregadores expositivos não correm o risco de receber. Um dos biógrafos de Whitefield explicou esta qualidade:

---

[5] Spurgeon, *Lectures to My Students*, p. 145. [Edição brasileira: *Lições aos Meus Alunos*, 3 Vols. (São Paulo: PES, 1992).]

> *Outra principal característica da pregação de Whitefield era seu tremendo fervor. Certo homem pobre e iletrado disse que "ele pregava como leão". Era bem-sucedido em mostrar às pessoas que, pelo menos, ele acreditava em tudo o que dizia, e que o seu coração, alma, mente e força dobravam-se em fazê-las acreditar. Seus sermões não eram como as armas matutinas e vespertinas em Portsmouth, um tipo de descarga formal, disparado como coisa natural, que não perturba ninguém. Eram todos vivos e inflamados. Não havia como ficar imunes a eles.*[6]

Em outras palavras, não é o volume que *alcança* as pessoas na fileira de trás. É a gravidade. O fervor arrasta a última fila para a frente. É cativante. Ganha seus ouvidos pouco importando como pareça. Se o pregador faz uma pausa dramática, você espera pela próxima palavra. Se grita a plenos pulmões, você quase não percebe. Se sussurra, pode também ter gritado. O amor sincero tem poder, quer esteja sentando à mesa ou de pé em cima dela. Há uma boa razão. Vem do coração e não das margens das notas.

Emoção e animação não compõem, necessariamente, o amor. Este é ponto crucial para entender, sobretudo para pregadores que se veem menos dinâmicos ou para congregados com expectativas irrealistas em relação ao pregador. O que compõe o amor depende do pregador, do conteúdo da passagem e do contexto em que o sermão é entregue.

O amor não assume uma única forma. Suas manifestações são tão diversas quanto os homens chamados para pregar. Mostra-se em um silêncio constrangedor, ou em uma explicação detalhada, ou em um riso ou lágrima. O amor encarna o pregador. É orgânica, não inventada. O amor sincero emerge do homem confrontado pelo texto, esmagado pela cruz, enfurecido pelo seu pecado, comprazido pela graça, abandonado ao evangelho, constrangido pela sua chamada e desesperado pela congregação. É o homem que ao usar suas mãos, segura, simultaneamente, uma das mãos furadas pelos pregos da cruz e, com a outra, o púlpito.

Amor é quebrantamento. Não é um homem repleto de confiança em um manuscrito bem escrito ou em uma oratória refinada. Às vezes,

---

[6] Ryle, *The Christian Leaders of the Last Century*, p. 42.

gagueja e luta por encontrar palavras. Ou seja, é humano. Muito antes de ser o sermão pregado, o pregador chorou, alegrou-se, entristeceu-se e arrependeu-se em relação à verdade. Através de sua pregação, o povo é liberto para fazer o mesmo. Sua pregação é uma subida, versículo por versículo, até a cruz. Ao ouvi-lo, somos compelidos a seguir.

Por trinta anos, John Piper tem levado as pessoas ao Calvário através de sua pregação. Ele, mais do que qualquer outro pregador expositivo de nosso tempo, demonstra a possibilidade de combinar erudição e amor. Ele exemplifica o equilíbrio indescritível entre o coração e a mente por meio da arte da pregação expositiva.

Em 1979, quando estava no ano sabático do Bethel College, ele tomou a decisão de deixar o mundo acadêmico e entrar no pastorado. Em torno da meia-noite de 14 de outubro de 1979, escreveu a seguinte anotação em seu diário: "Nunca estive tão perto de decidir renunciar minha posição no Bethel College e assumir um pastorado como estou esta noite. O desejo é quase irresistível. Toma esta forma: estou encantado com a realidade de Deus e o poder da sua Palavra em criar pessoas autênticas."[7] De acordo com o seu diário, as exigências do Senhor a respeito desse ministério eram inevitáveis:

> *Não quero ser analisado; quero ser adorado. [...] Não quero ser meditado; quero ser proclamado. [...] Minha soberania não é para ser examinada; é para ser anunciada. [...] Não é munição para a fábrica de controvérsias; é evangelho para os pecadores que sabem que a única esperança está no soberano triunfo da minha graça no campo da vontade rebelde.*[8]

E assim, John Piper entrou no ministério e subiu na mesa.

---

[7] John Piper, "30 Years Ago Today: How God Called John Piper to Become a Pastor", The Gospel Coalition, http://www.thegospelcoalition.org/blogs/justintaylor/2009/10/14/30-years-ago-today-how-god-called-john-piper-to-become-a-pastor (acessado em fevereiro de 2010).

[8] John Piper, "30 Years Ago Today: How God Called John Piper to Become a Pastor".

John Piper

Singularmente Comprometido com o "Tanto como"

Cerca de 1968, Pasadena, Califórnia. Daniel Fuller está dando uma palestra sobre hermenêutica para uma sala de aula apinhada de pessoas no Seminário Fuller. Sua abordagem analítica ao método histórico-gramatical começou a irritar alguns estudantes. Como certa testemunha relatou, os ofendidos eram estudantes que se especializavam em psicologia.

Os behavioristas em desenvolvimento não estavam suportando o modo científico e acadêmico com que Fuller estava tratando uma passagem específica. Fuller estava no processo de observar a lógica de um texto, uma certa conjunção e sua relação sintática com o resto da passagem, quando eles se opuseram.

– Isso não tem nada a ver com pessoas de verdade! Precisamos de mais sentimento, emoção e experiência!

Cegos pela ênfase de sua disciplina antropológica, não viam a conexão entre os detalhes da exegese e a vida real, e nem entre a "ciência" da interpretação e a "experiência" da humanidade. Colocando a objeção em termos atuais: *era chato e irrelevante!* Onde estavam as coisas boas?

Graciosamente, Fuller pousou o livro e respondeu:

– Por que não podemos ser como Jonathan Edwards? Um homem que sabia escrever um parágrafo capaz de dobrar a mente do maior estudioso e, no parágrafo seguinte, escrever de forma a aquecer o coração da avó de vocês?[1]

Claro que não era a primeira vez que enfrentava essa objeção e essa crítica implícita. É uma caracterização bastante previsível. O que é surpreendente de nossa posição privilegiada é o paralelo dessa cena e os protestos vindos da igreja contemporânea. (Quanto mais as coisas mudam, mais permanecem as mesmas.) Ouvimos as mesmas falas obsoletas provenientes de todos os quadrantes do evangelicalismo. "Não estamos satisfazendo as necessidades das pessoas reais." "As pessoas comuns ficam entediadas com os sermões oferecidos na maioria das igrejas." "A igreja está perdendo sua relevância." São todas as mesmas críticas de uma geração para outra.

Como se vê, uma análise oferecida por calouros há mais de vinte anos é tão ingênua como as que encontramos hoje. Estão cheias de idealismo e vazias de substância. Todas assumem a fatal posição "ou, ou". *Ou* a pregação é prática, *ou* é bíblica. *Ou* é emocionante, *ou* é inteligente. Presumem que não pode ser ambas. Será? Aqui, na realidade, é sempre "tanto quanto". Quer dizer, se é verdadeiramente relevante. Como já foi dito em outro lugar, o mais verdadeiro tipo de relevância é o subproduto do mais rigoroso tipo de erudição. Por outro lado, a maioria dessas aplicações excessivamente sentimentais, pelas quais a igreja tem preferência hoje em dia, raramente tem conexão com a verdadeira profundidade.

De volta à sala de aula, Fuller respondeu com um pensativo "tanto quanto". Ele estava respondendo à pergunta muito mais ampla feita inadvertidamente pelos estudantes. As perguntas que estou apresentando neste capítulo: *A erudição e o zelo são realidades mutuamente exclusivas? Podemos pensar tecnicamente em um texto e ainda pregar com amor?*

A resposta de Fuller a este dilema milenar foi brilhante: *Jonathan Edwards*. A vida e obra de Edwards provam a relação inextricável que há entre a erudição e a adoração, a exegese e o amor, o estudo e a aplicação. De nenhuma forma são disciplinas mutuamente exclusivas. São parte do mesmo todo. Uma é o resultado natural da outra.

Pela graça e providência de Deus, um jovem calouro por nome John Stephen Piper estava presente para testemunhar esta conversa.

---

[1] John Piper, em entrevista ao autor, Nashville, Tennessee, 26 de janeiro de 2010.

Como muitos antes e depois dele, era uma pergunta que ele já vinha procurando responder. Como ele descreve hoje:

— Imaginava se era realmente possível argumentar com lógica aguçada e, ao mesmo tempo, ser surpreendido pelo que você vê. Sentir-se compelido a orar, cantar e fazer acrobacias sobre o que você está entendendo com tantos detalhes.[2]

A resposta de Fuller iniciou um momento de profunda clareza na vida de John Piper. Naquele momento, ele ouviu, descrito pela primeira vez, o que desejara para toda a vida: "*tanto quanto*". Internamente, declarou: "É isso que quero ser!"[3] Como prova a história, é o que ele tem sido.

O jovem John Piper dirigiu-se à biblioteca e começou a repensar o objetivo da erudição e a desconstruir o que entendia imaturamente de Edwards. Até aquele momento, ele carregava a opinião estereotipada do grande pregador que sobrara das aulas de literatura do ensino médio. Edwards era considerado um profeta irado. Reputa-se que a sua monumental contribuição à literatura americana, *Pecadores nas Mãos de um Deus Irado*, está entre as maiores mensagens de tática de amedrontamento de todos os tempos. O Edwards que Piper acabou conhecendo era muito diferente. Como Piper escreveu em outro lugar: "identificar Edwards com *Pecadores nas Mãos de um Deus Irado* é como identificar Jesus com os ais contra Corazim e Betsaida. É uma fração do todo e não a principal realização."[4]

Como John Piper viria a perceber, a principal realização de Edward não foi o medo, mas a admiração. O equilíbrio perfeito entre a erudição e a emoção. Quanto mais as pessoas são obedientes no que estudam sobre Deus em sua Palavra, mais sinceras são no que adoram a Ele. Uma condição segue a outra. Não é de admirar que um dos maiores teólogos da história da Igreja (sem o menor esforço, um dos melhores dos Estados Unidos), possuidor de um intelecto incomparável é, simultaneamente, conhecido pela profundidade intensa de sua experiência religiosa. Esta combinação única foi o marco da vida de Edwards:

---

[2] Piper, *Entrevista*.

[3] Piper, *Entrevista*.

[4] John Piper, *God's Passion for His Glory: Living the Vision of Jonathan Edwards* (Wheaton: Crossway, 1998), p. 83. [Edição brasileira: *A Paixão de Deus por Sua Glória* (São Paulo: Cultura Cristã, 2008).]

> *Por um lado, Edwards queria defender o lugar genuíno e necessário das emoções na experiência religiosa. Por outro lado, ele era implacavelmente devotado à verdade objetiva e queria que toda emoção estivesse enraizada em uma verdadeira compreensão da realidade e que fosse moldada por essa realidade.*[5]

Como Edwards disse: "Devo pensar em mim mesmo de modo a suscitar as emoções dos meus ouvintes tão elevadamente quanto eu possa, contanto que fiquem emocionados por nada além que a verdade e com emoções que não sejam desagradáveis à natureza pela qual são afetadas."[6]

A prova viva do "tanto quanto"

Qualquer um familiarizado com John Piper conhece o vínculo singular que ele tem com Edwards. Além da Bíblia, os escritos de Edwards são uma influência dominante na vida de Piper. De acordo com Piper, seu ministério, pregação e escrita são um trabalho resultante da visão de Edwards. Uma das obras mais notáveis de Piper, *Em Busca de Deus*, é a tradução de um homem comum da grande obra de Edwards, *O Fim para o qual Deus Criou o Mundo*. Inúmeros crentes têm sido impactados pela destilação que Piper faz da prescrição de Edwards: "Deus é mais glorificado em nós quando estamos mais satisfeitos nEle".

A maioria dos escritos de Piper, independentemente do assunto específico, é uma extensão desta convicção fundamental. Não é segredo que ele escreveu o mesmo livro uma dúzia de vezes sobrepondo esta visão teocêntrica em tudo – de missões mundiais ao propósito da vida. Esta não é, de forma alguma, uma crítica. Comprei e li todos os livros que ele escreveu. Seu discurso entusiástico é uma bênção incalculável para a Igreja sob qualquer forma que apareça.

Há outras influências na vida de John que ajudaram a provar a possibilidade e a legitimidade do equilíbrio entre a erudição e o zelo. Uma dessas influências foi seu pai, que era homem cuja afeição por Deus deixou uma marca indelével no filho.

---

[5] Piper, *God's Passion for His Glory*, p. 93.

[6] Jonathan Edwards, "Some Thoughts Concerning the Revival", in: *The Works of Jonathan Edwards*, vol. 4, ed. by C. Goen (New Haven: Yale University Press, 1972), p. 387.

– Meu pai não era uma pessoa de intelecto notável. Mas ele amava a Deus e semeava a semente de ser tocado pela glória de Deus.[7]

Outra influência significativa e frequentemente citada na formação de Piper foi C. S. Lewis. Quando era estudante em Wheaton, ficou sabendo que Lewis se considerava "racionalista romântico". Essa descrição ressoou em John, que explicou o que isso veio a significar em sua vida:

> *Ele demonstrou para mim e me convenceu que essa lógica rigorosa, precisa e penetrante não se opõe ao sentimento profundo e comovente e à imaginação viva, animada e até mesmo brincalhona. Ele era um "racionalista romântico". Ele combinava coisas que quase todo mundo hoje presume que são mutuamente exclusivas: racionalismo e poesia, lógica fria e sentimento caloroso, prosa disciplinada e imaginação livre. Ao espatifar estes estereótipos antigos, ele me libertou para pensar intensamente e escrever poesia, para defender a ressurreição e compor hinos a Cristo, para esmagar um argumento e abraçar um amigo, para exigir uma definição e usar uma metáfora.*[8]

Edwards, no entanto, mais do que qualquer outra pessoa, foi a confirmação para ele de que o pensamento analítico e a devoção apaixonada não eram realidades mutuamente exclusivas. É importante entender isso, quando analisamos o impacto da pregação e escritos de John Piper. John não estava naquela biblioteca procurando ou a erudição ou a experiência de Edwards. Ele estava esperando a união de ambas.

John Piper enfrentou a mesma luta que tantos pregadores expositivos conscienciosos enfrentam: como abordar o texto com erudição rigorosa e adorná-la com fervor sincero por trás do púlpito. Para Piper, Edwards era a prova de que essa união era possível. Para uma nova geração de pregadores (e crentes), Piper é prova viva da mesma realidade.

O amplo apelo de John pode ser rastreado até este traço característico em seu ministério. Os carismáticos moderados, os integrantes do jovem movimento reformado, os emergentes sociais que amam a

---

[7] Piper, *Entrevista*.

[8] John Piper, *Don't Waste Your Life* (Wheaton: Crossway, 2003), p. 19.

justiça, os fundamentalistas e os acadêmicos o aclamam. Aqueles que recuam diante da dureza fria do mundo acadêmico encontram nele um amigo perspicaz e sensível. Aqueles que estão decepcionados pelas andanças da espiritualidade popular e do misticismo cristão encontram nele um trabalhador cuidadoso e determinado. Para os primeiros, ele sutilmente prova o mérito da precisão bíblica. Para os últimos, sua marca de erudição aviva as chamas do amor vacilante. Tal como acontece com tantos outros jovens pregadores, John Piper teve certa participação em um momento semelhante de clareza em meu ministério. Para inúmeros pregadores, ele ratifica quase todos os aspectos da vida em um princípio simples: erudição e adoração não só são possíveis, mas estão inevitavelmente relacionadas. Sua homilética é definida por esta atividade:

> *Só quero ajudar as pessoas a se surpreenderem com Deus, a ficarem impressionadas com Ele, a serem cheias de admiração pelo Senhor. Ao mesmo tempo, minha visão tem uma dimensão muito teocêntrica e é caracterizada por sentimentos fortes. Não é uma emoção em mim, ou no momento, ou na música. É uma emoção na visão de Deus verdadeira, objetiva, clara, densa e biblicamente fundamentada.*[9]

Ou como ele explicou em seu livro atemporal *Supremacia de Deus na Pregação*: "O principal intento e finalidade do ofício do pregador cristão é restaurar o trono e o domínio de Deus nas almas dos homens."[10]

Que melhor exemplo do equilíbrio de Edwards existe hoje do que o de John Piper? Ele pode muito facilmente escrever uma resposta exegética intensamente analítica e robusta para uma controvérsia dos dias atuais[11], como pode compor uma meditação sobre os benefícios da morte

---

[9] Piper, *Entrevista*.

[10] John Piper, *The Supremacy of God in Preaching* (Grand Rapids: Baker, 1990), p. 24. [Edição brasileira: *Supremacia de Deus na Pregação: Teologia, Estratégia e Espiritualidade do Ministério de Púlpito* (São Paulo: Vida Nova, 2003), p. 21.]

[11] John Piper, *Counted Righteous in Christ: Should We Abandon the Imputation of Christ's Righteousness?* (Wheaton: Crossway, 2002). [Edição brasileira: *Justificados em Cristo: Devemos Abandonar a Imputação da Justiça de Cristo?* (Niterói: Tempo de Colheita, 2011).]

de Cristo.[12] Nós o admiramos tanto por sua inteligência quanto por sua devoção. Seus escritos tornam-se adequados a um só tempo na categoria de "Vida Cristã" e na de "Vida Acadêmica". Ele é *tanto quanto*.

Eu disse "Emoção!". Agora vou explicar.

"Emoção." É um palavrão para muitos exegetas. Um vocábulo muito suspeito. Quando a ouvimos, pensamos em *superficial* e *rasa*. A emoção no púlpito deixa muitos de nós desconfortáveis. Cresci numa denominação onde o aumento no volume de voz sinalizava diminuição no conteúdo da mensagem. Isso ainda me deixa nervoso. Para ser honesto, as demonstrações de afeto de John Piper ainda me deixam, de vez em quando, nervoso. Como ele disse: "Posso me deixar levar. De vez em quando, tenho de pedir desculpas por algo que digo."[13] É esta borda ocasional que faz-nos lembrar de nossa letargia.

Ironicamente, mesmo na minha discussão com John, ele sentiu a necessidade de qualificar o que entendia por emoção:

– Uso a palavra emoção no melhor sentido, não no sentido superficial.[14]

Isto levanta uma questão importante. Por que é que pregadores caracteristicamente doutrinários sentem a necessidade de explicar a ocorrência da emoção? Sabemos a resposta. À luz dos excessos, estamos preocupados que uma demonstração emotiva nos distraia do objetivo principal da exposição, que é tornar a Bíblia clara. Trata-se de uma preocupação válida. Em muitas igrejas onde a emoção é enfatizada na adoração, sua presença tem pouco ou nada a ver com uma resposta substantiva à verdade.

É contraintuitivo associar "emoção" com exegese sólida. Nós a vemos como potencial relaxamento de precisão e autoridade. O ceticismo é muitas vezes justificado. Só que a questão permanece: existe uma demonstração de amor e emoção na pregação que realmente reforce a exegese e produza uma resposta apropriada na plateia?

---

[12] John Piper, *The Passion of Jesus Christ* (Wheaton: Crossway, 2004). [Edição brasileira: A *Paixão de Cristo* (São Paulo: Cultura Cristã, 2006).]

[13] Piper, *Entrevista*.

[14] Piper, *Entrevista*.

Esta necessidade de qualificar a demonstração da emoção na pregação é, ao mesmo tempo, *tanto* racional *quanto* contraditória. É *racional* por causa do potencial que a emoção tem de manipular e atalhar convicções biblicamente fundamentadas. Como disse Edwards, nossas emoções não devem ser "desagradáveis à natureza pela qual são afetadas". A emoção, quer na pregação ou em resposta à pregação, deve basear-se em uma consciência da verdade. Não pode ser mero sensacionalismo.

A necessidade é *contraditória* no fato de termos de justificar a emoção na pregação. Como é possível chegarmos tão perto das verdades divinas sem tocá-las pessoalmente, sem falar no fato de sermos tocados por elas na entrega da mensagem? O que os pregadores expositivos mais precisam explicar é a ausência de emoção nas pregações. Alguém, muito facilmente, poderia questionar se a pessoa fez ou não a exegese da passagem e se seu impacto não é visto em sua vida e na entrega da mensagem. Feito o ponto, a questão não é tanto estilística quanto pessoal.

> *Que melhor exemplo do equilíbrio de Edwards existe hoje do que o de John Piper? [...] Seus escritos tornam-se adequados a um só tempo na categoria de "Vida Cristã" e na de "Vida Acadêmica". Ele é tanto quanto.*

Quando pedi a opinião de Piper sobre a desconexão entre pregadores expositivos e amor, a resposta dele foi direta:

> *Não acho que tenham dificuldades com ela por terem medo dela, mas porque não a sentem. Duvido que muitos pregadores se sintam grandemente emocionados e não deem vazão a essa emoção, por estarem preocupados com pessoas que não irão gostar. Eles apenas não ficam maravilhados com o que veem.*[15]

Provamos esse ponto toda vez que "endereçamos" um sermão. Pode acontecer de tempos em tempos. (Ou é só comigo?) São os momentos de pregação quando, de todos os presentes na audiência, somos os menos convencidos do que estamos dizendo. A única coisa que *sentimos* é agonia. Esses sermões são uma ofensa a Deus. Não por causa

[15] Piper, *Entrevista*.

de hermenêutica capenga ou mecânica ruim, mas devido à ausência de fervor. Não cremos e sentimos o que estamos dizendo em um nível profundamente pessoal. Todas as vezes que insistimos na questão da precisão na interpretação, raramente fazemos as mesmas exigências no que tange à precisão no comportamento. Tem de haver uma "natureza agradável aos nossos afetos". Tem de haver um impacto da verdade em nossa vida para que seja chamada pregação expositiva. Certo?

O que nossos sermões realmente comunicam

Piper vai tão longe quanto sugerir que insipidez na pregação, mesmo a mais bíblica, é forma sutil de blasfêmia. A entrega da mensagem desmente Deus, mesmo quando nossas palavras representam fielmente algo que o Senhor disse. A inércia tem uma maneira de negar as mesmas verdades que proclamamos. Ele emitiu este aviso aos pregadores:

> *Irmãos, não desmintam o valor do evangelho pelo embotamento de sua atitude. A pregação expositiva da realidade mais gloriosa é uma realidade gloriosa. Se não é exultação expositiva – autêntica, vinda do coração –, então, algo falso está sendo dito sobre o valor do evangelho. Não diga pelo seu rosto, ou pela sua voz, ou pela sua vida que o evangelho não é o evangelho da glória totalmente gratificante de Cristo. Pois ele é.*[16]

Não sou frequentemente acusado de falsear a verdade. O que não indica que estou certo cem por cento das vezes. Ninguém está. Sempre há lugar para esclarecimentos e ajustes. No entanto, posiciono-me em algum lugar perto do centro na minha interpretação e explicação. Mas já inadvertidamente "desmenti o valor do evangelho" através do meu comportamento por trás do púlpito. Posso muito facilmente falsear a verdade pelo modo como a digo.

Certa feita, acusaram-me de ser formalista e sem vida na maneira como entrego as mensagens. A crítica nem sempre foi feita em minha presença, mas em algum outro lugar. Era discutida nas conferências

---

[16] Mark Dever et al, *Preaching the Cross* (Wheaton: Crossway, 2007), p. 115. [Edição brasileira: A *Pregação da Cruz* (São Paulo: Cultura Cristã, 2010).]

lendárias que se formam ao redor das mesas de almoço após os cultos matinais na igreja no domingo. Esses suficientemente corajosos (e amorosos) em discuti-lo comigo cara a cara tiveram dificuldade em colocar a frustração em palavras. Foi divertido observá-los se armando de coragem para me dizer que eu era chato. Era comum eu rejeitar essas caricaturas com refutações e desculpas que soavam nobres. "Você não está levando a Palavra de Deus a sério"; "Você não quer ouvir a verdade"; "Não se trata de virar um entretenimento", diziam-me. Mas eu sabia o que eles estavam tentando me dizer: "Pastoreie-nos! Mostre-nos o que significa amar a Cristo!" Estas não eram pessoas nominalmente inteligentes. Amavam a Palavra de Deus. Eu sabia que o problema não era estilo, mas devoção. A correção adequada não era um ajuste na entrega da mensagem, mas um ajuste no coração (2 Co 5.12).

A confrontação de Spurgeon se aplica aqui: "Você é servo de Deus ou não? Se é, como pode o seu coração ser frio? Você foi enviado por um Salvador para proclamar o seu amor e ganhar a recompensa de suas feridas, não foi? Se foi, como você pode esmorecer?"[17] A implicação das perguntas de Spurgeon é devastadora. Há algo de errado conosco se ficarmos impassíveis diante da visão da cruz ou da glória de Deus. Não há maneira de uma pessoa regenerada ficar indiferente diante das realidades bíblicas.

Se nossa pregação é sem vida, temos um exame de consciência a fazer. Ou não somos chamados para pregar, ou precisamos nos arrepender. Nossa chamada pode ser para palestrar ou ensinar. Ensinar e palestrar são importantes serviços no corpo de Cristo, mas não são o mesmo que pregar. Isso significa que você pode estar sentado à mesa errada. Pregar é anunciar a verdade, não apenas narrar. Afinal de contas, chama-se pregação expositiva e não palestra expositiva. Piper explicou a distinção:

> *Poderoso nas Escrituras; ardente com as grandes verdades das doutrinas da graça; morto para si mesmo; disposto a trabalhar e a sofrer; indiferente aos elogios dos homens; arrependido pelo pecado e, também, dominado por um sentimento da grandeza, majestade e*

---

[17] Spurgeon, *Lectures to My Students*, p. 161. [Edição brasileira: *Lições aos Meus Alunos*, 3 Vols. (São Paulo: PES, 1992).]

> *santidade de Deus. [...] Pregar não é conversar. Pregar não é falar casualmente sobre assuntos religiosos. Pregar não é ensinar. Pregar é anunciar uma mensagem permeada pelo sentimento da grandeza, majestade e santidade de Deus. O tema pode ser qualquer coisa debaixo do sol, mas sempre é levado à luz ardente da grandeza de Deus e de sua Palavra.*[18]

E fez este acréscimo à mesma discussão: "Mas o que define o arauto do filósofo, do escritor e do professor é que ele é o arauto de notícias e, no nosso caso, notícias infinitamente boas, notícias infinitamente valiosas, as melhores notícias de todo o mundo."[19]

Digamos que você seja chamado para pregar, mas sua pregação é fria. Está difícil encontrar um pulso na entrega da mensagem. Em geral, trata-se de um prenúncio de questões muito mais profundas do que a mecânica. Sua alma foi embolada tenazmente pelo tráfego ministerial. Você está cansado. Levado ao cinismo pelo granito da indiferença das pessoas. As verdades que outrora moviam você já não penetram o seu coração, muito menos o coração da congregação. Agora, a pregação é uma tarefa insatisfatória, que sai em uma entrega previsível e sombria dos fatos. Com todas as chances que você tem para estar em chamas, você continua fazendo a mesma coisa. É um ciclo perigoso em que você está. Não só por causa do que diz sobre a condição de nossa alma, mas principalmente por causa do que comunica ou deixa de comunicar a respeito do nosso Deus ao seu povo.

Homens continuamente em chamas

Como já se admitiu, o amor mostra-se diferente em cada pregador. Esta é uma realidade que Piper prontamente reconhece. Na verdade, ele oferece a seguinte exortação nestes termos:

> *Por favor! Não copiem John Piper! Você parecerá muito estúpido tentando ser alguém que não é. Existe intensidade, fervor e amor*

---

[18] Dever, *Preaching the Cross*, pp. 104-105. [Edição brasileira: A *Pregação da Cruz* (São Paulo: Cultura Cristã, 2010).]

[19] Ibid., p. 115.

> *em centenas de formas. Você não precisa agitar os braços ou gritar como faço. Você tem de encontrar o seu jeito. Mas se ocorrer que o seu comportamento é calmo e sereno, não pense que não esteja havendo amor quando você está pregando do seu jeito.*[20]

Percebo que somos humanos. É irrealista supor que pregaremos da mais alta elevação possível toda vez que pregarmos. É impossível. Há tantos púlpitos. Não se trata de demonstrações superficiais ou dissimuladas de emoção. Trata-se de uma sinceridade consistente que sobrevive os altos e baixos da vida.Segundo minhas observações, descobri uma característica constante nesses pregadores que, na entrega da mensagem, mostram um fervor habitual. Esses homens que são mais sinceros atrás do púlpito também são fervorosos em todas as outras áreas da vida. Não só pregam com amor, mas vivem assim. Suas conversas regulares sobre as coisas de Deus são temperadas com o mesmo entusiasmo que observamos no púlpito. Escrevem, oram, conversam, planejam e existem com uma intensidade comparável. Este fato foi comprovado em uma entrevista que realizei com o escritor Steve Lawson, pastor da Igreja Batista da Comunhão de Cristo em Mobile, Alabama. Steve é conhecido por "sempre estar avivado pelo fogo". Ele tem uma forma de "emparedá-lo" pela convicção que ele demonstra. Nós nos encontramos em uma conferência onde Steve era palestrante convidado. O local me permitiu observá-lo e entrevistá-lo no mesmo dia. Entre uma sessão e outra, nos sentamos para conversar. Eu estava fisicamente exausto e exibia sintomas de gripe. Agindo por amor, sentei-me tão longe dele quanto pude sem deixar de tornar a entrevista irrealizável. Sentado à minha frente do outro lado da mesa, ele era o mesmo homem que havia sido por trás do púlpito poucos momentos antes. Seu amor, embora adequada para o contexto da entrevista, não era menos palpável.

Apesar de sua condição, não muito tempo depois de começarmos, fui "emparedado". Este efeito é o resultado de ele estar sempre avivado pelo logo, não algo que ocorre em certas ocasiões. Como Spurgeon disse a seus alunos, se quisermos que haja "labaredas" em nossos discursos, temos de estar "continuamente em chamas" em nossa vida.

---

20 Piper, *Entrevista*.

Pregadores cheios de amor como Piper e Lawson são homens "continuamente em chamas". Seus sermões são meros momentos em que o fogo irrompe na superfície de suas vidas. Suas demonstrações de amor são o produto de um contínuo desespero. Significa que o remédio para um púlpito sem vida não é aumentar o volume, mas aumentar o amor.

Pensando a respeito, você percebe que não é o estilo desses homens que queremos imitar. O fato é que quanto mais apaixonado é o pregador, mais o seu estilo é difícil de duplicar. A entrega da mensagem é um pouco imprevisível, visto que os diversos textos e tópicos exigem diferentes níveis de intensidade. Esse elemento no estilo ao qual somos atraídos é o "fervor sanguíneo" de suas emoções. Vemo-los pregar e desejamos um tipo similar de transparência.

C.J. Mahaney é exemplo perfeito desta reação. Em meus estudos, assisti a um vídeo dele no qual Mahaney faz um sermão sobre o sofrimento de Cristo no jardim do Getsêmani. Antes mesmo de começar a explicar o texto, ele estava em lágrimas. Não quero sugerir que ele foi Tammy Faye Baker*, mas ele estava claramente quebrantado. Como ele explicou: "Não posso deixar de me sentir desta forma, uma vez que sou responsável por esta cena".

Naquele momento, seu quebrantamento era um efeito perfeitamente racional e naturalmente resultante do seu entendimento profundamente informado da narrativa do evangelho. Era a doutrina da substituição irrompendo em seu coração. Meu pensamento? "Por que não sofro o mesmo grau de quebrantamento quando enfrento essas mesmas passagens?" Sua demonstração não diminuiu o entendimento da passagem ou obscureceu o significado. Ressaltou-a. De alguma forma, sua entrega da mensagem era parte da precisão global do sermão.

Uma cegueira invejável

Aqueles que pregam com amor sincero são atingidos por um invejável tipo de cegueira. Não conseguem ver as opiniões dos homens. Importam-se não com o que as pessoas pensam dessa demonstração de devoção.

---

* N. do T.: A evangelista e cantora cristã americana que, no último estágio de câncer de cólon que passou para os pulmões, concedeu uma entrevista a Larry King em tom de despedida lacrimejante, vindo a falecer no dia seguinte, poucas horas depois do programa.

Como o apóstolo Paulo explicou: "Porque, se enlouquecemos, é para Deus; e, se conservamos o juízo, é para vós" (2 Co 5.13). Ao mesmo tempo, seu amor sincero não é espalhafatoso ou mera excentricidade para chocar. Quando você vê, você não vê o pregador. Você é tão cego a ele quanto ele a você. Através da transparência do pregador, você vê a Cristo. Ao ouvi-lo, você não se sente insultado. Você se sente inspirado. O verdadeiro amor arrisca a própria dignidade para exaltar a Cristo. O verdadeiro amor é uma liberdade da insegurança e do medo do homem. É um tipo de liberdade que as pessoas observam em um sermão no domingo e querem em suas vidas na segunda-feira. Piper afirmou que este fenômeno se chama abnegação libertadora:

> *Apenas sei que o que quero é o dom da abnegação, no qual eu chamaria de um pleno engajamento, uma plena paixão, um pleno zelo com o que há no texto e com a realidade de Deus no texto e através dele. Quero vê-Lo, quero conhecê-Lo, ser engajado por Ele, dizer com a máxima eficácia que eu puder, deixando que as lascas caiam onde caírem...*[21]

Ele ofereceu este resumo da mesma ideia: "É uma liberdade da autoconsciência. A pregação alcança o seu momento ideal, quando vejo, percebo, estou experimentando a grandeza do que vejo sobre Deus no texto e estou gostando."[22] Os pregadores expositivos devem ter certeza de que a exegese está completa e foi liberada. Ela tem de ser posta em liberdade.

Onde está a minha mesa?

Ironicamente, uma das preocupações de Piper sobre o amor e o zelo entre os pregadores contemporâneos não é apenas a ausência dessas coisas. Está igualmente preocupado com a presença. Basicamente, preocupa-lhe o fato de muitos pregadores ficarem empolgados pelas coisas erradas.

A Bíblia nos aborrece e o planejamento estratégico do ministério nos empolga. É uma observação justa, dada a ênfase da igreja moderna.

---

[21] John Piper, "John Piper on New Word Alive and Spring Harvest", Adrian Warnock, http://www.adrianwarnock.com/2008/05/video-john-piper-interview-on-new-word (acessado em maio de 2009).

[22] Piper, *Entrevista*.

Para ser honesto, quanto tempo gastamos em reuniões ministeriais ou em discussões com anciãos energeticamente, apresentando e prevalecendo sobre eles com explicações da verdade bíblica? Quantas vezes a nossa empolgação é gerada e centrada em torno de programas e planos para o ministério? Como ele explicou:

> *Os pastores que não são levados pela Bíblia parecem não encontrar o fogo na Bíblia. Em outras palavras, quando leem a Palavra de Deus, não ficam emocionados. Quando leem Barna, ficam emocionados. Quando leem alguém contar a história de como conseguiram fazer com que a igreja aumentasse para mil membros, então sentem-se em chamas. Fico aborrecido e transtornado ao ler esse tipo de literatura. Fico completamente desanimado. Sinto-me morto por dentro ao ler coisas sobre o crescimento da igreja. Mas quando leio a Bíblia ou a exposição de Edwards sobre a Bíblia, fico com uma vontade tremenda de dizer a alguém o que encontrei. Anoto. Escrevo no Twitter. Posto no blog. Registro e prego, porque é o que me faz viver. Eu vivo quando leio a Bíblia.*[23]

O verdadeiro amor arrisca a própria dignidade para exaltar a Cristo. O verdadeiro amor é uma liberdade da insegurança e do medo do homem.

Isso me fez analisar minha vida. Não muito tempo depois de fazer esta entrevista, estava na sala de estar de minha casa jogando um video-game com meu filho. Disputávamos uma partida de futebol americano, e o jogo estava empatado com poucos minutos para começar o quarto tempo. Você sabe como é... o clássico cenário. Íamos pela sala toda, pulando, rindo, enquanto provocávamos um ao outro com toda sorte de bricadeiras. Foi uma curtição. Um grande momento com meu filho. (A propósito, ele venceu seu pai pela primeira vez.)

Mais tarde, nesse mesmo dia, uma pergunta me ocorreu: Será que o meu filho já me viu animado desse jeito em relação ao evangelho? Será que já tive uma conversa com meu filho sobre as coisas de Deus, na qual meu amor teve esse tipo de intensidade? Meu objetivo não é

[23] Piper, *Entrevista.*

condenar o entretenimento. Não mesmo. Eu empresto meu console de videogame para quem quiser. Meu ponto é repreender a falta de alegria que vejo e que estou disposto a manifestar em virtude de realidades muito mais emocionantes. Será que a minha congregação discerne na minha pregação uma reverência e amor por Deus? Será que perceberão isso neste domingo? Onde está a minha mesa?

Conclusão

Melhoras nas áreas da *clareza, simplicidade* e *amor* têm causado um efeito surpreendente na minha pregação e ministério. Fiquei admirado com o que Deus tem feito na vida de seu servo e do seu povo. Na medida em que tenho sido transformado pelo que entendo da verdade, o seu povo tem tido a vida transformada. Na medida em que tenho oferecido explicações desinteressadas e informais das realidades transcendentes, o seu povo ganha nova luz. Na medida em que não tenho sentido vergonha em minha proclamação, o seu povo não tem se envergonhado do amor que sente por Ele. Em tudo isso, Ele recebe a glória.

Desde o início, o objetivo deste projeto não era me tornar um pregador melhor tanto quanto era me tornar um instrumento mais útil. O nosso objetivo não é chamar a atenção para nós mesmos, mas chamar a atenção para Ele através da proclamação fiel e sincera da verdade. Só quis fazer um trabalho melhor em tornar o Senhor óbvio. Penso que este é o objetivo de todo pregador fiel.

Para mim, o meio de fazer isso ficou mais fácil através do foco explicado aqui. Pode não ser o mesmo para todo pregador. O que é verdadeiro para todo pregador, no entanto, é que (ironicamente) você não melhorará a sua chamada lendo um livro tanto quanto caindo rosto em terra. A jornada de todo crente para um púlpito liberado assume diferentes voltas. Entretanto, todos começam e terminam nos mesmos pontos. Começam com o desejo sincero de tratá-lo com elevada consideração e enaltecê-lo grandemente. Terminam com a energia destemida de realizar esse desejo.

Só quero ajudar as pessoas a se surpreenderem com Deus, a ficarem impressionadas com Ele, a serem cheias de admiração pelo Senhor. Ao mesmo tempo, minha visão tem uma dimensão muito teocêntrica e é caracterizada por sentimentos fortes. Não é uma emoção em mim, ou no momento, ou na música. É uma emoção na visão de Deus verdadeira, objetiva, clara, densa e biblicamente fundamentada.

– JOHN PIPER

Bibliografia

A

Alexander, James W. *Thoughts on Preaching*. Banner of Truth Trust: Edinburgh, 1988.

Azurdia, Arturo G. *Spirit Empowered Preaching: Involving the Holy Spirit in Your Ministry*. Great Britain: Mentor, 1999.

B

Baucham, Voddie. “Ten Questions for Expositors”, Unashamed Workman,http://www.unashamedworkman.wordpress-com/2007/04/18/10-questions-for-expositors-voddie-bauckham. Acessado em fevereiro de 2009.

Begg, Allister. Em comunicação por e-mail com o autor, 12 de maio de 2009.

Broadus, John A. *On the Preparation and Delivery of Sermons*. 4th ed., Revised by Vernon Stanfield. New York: Harper Collins, 1979. [Edição brasileira: *Sobre a Preparação e a Entrega de Sermões* (São Paulo: Hagnos, 2009).]

C

Chandler, Matt. “Hebrew 11”, Southern Theological Seminary, http://www.sbts.edu/resources/chapel/chapel-fall-2009/hebrews-11. Acessado em 18 fevereiro de 2010.

Chapell, Brian. *Christ-Centered Preaching: Redeeming the Expository Sermon*. Grand Rapids: Baker, 2005. [Edição brasileira: *Pregação Cristocêntrica: Restaurando o Sermão Expositivo* (São Paulo: Cultura Cristã, 2007).]

D

Dever, Mark et al. *Preaching the Cross*. Wheaton: Crossway, 2007. [Edição brasileira: A *Pregação da Cruz* (São Paulo: Cultura Cristã, 2010).]

Dever, Mark. *What Is A Healthy Church?* Wheaton: Crossway, 2007. [Edição brasileira: *O que É uma Igreja Saudável?* (São José dos Campos: Fiel, 2011).]

DeYoung, Kevin and Kluck, Ted. *Why We're Not Emergent: By Two Guys Who Should Be*. Chicago: Moody, 2008. [Edição brasileira: *Não Quero um Pastor Bacana* (São Paulo: Mundo Cristão, 2011).]

E

Edwards, Jonathan. "Some Thoughts Concerning the Revival", in: *The Works of Jonathan Edwards*, Volume 4.Edited by C. Goen. New Haven: Yale University Press, 1972.

F

Fabarez, Michael. *Preaching That Changes Lives*. Nashville: Thomas Nelson, 2002.

Ferguson, Sinclair. "Finding Your Own Voice", Unashamed Workman, http://www.unashamedworkman.wordpress.com/2007/09/18/finding-your-own-voice. Acessado em fevereiro de 2009.

G

Goldsworthy, Graeme. *Preaching the Whole Bible as Christian Scripture: The Application of Biblical Theology to Expository Preaching*. Grand Rapids: Eerdmans, 2000.

Gordon, David T. *Why Johnny Can't Preach: The Media Have Shaped the Messages*. Phillipsburg, New Jersey: P&R, 2009.

Guinness, Os. *Prophetic Untimeliness: A Challenge to the Idol of Relevance*. Grand Rapids: Baker, 2003.

H

Heath, Chip and Heath, Dan. *Made to Stick: Why Some Ideas Survive and Others Die*. New York: Random House, 2007. [Edição brasileira: *Ideias que Colam: Por que Algumas Ideias Pegam e Outras Não* (Rio de Janeiro: Campus, 2007).]

Heilser, Greg. *Spirit Led Preaching: The Holy Spirit's Role in Sermon Preparation and Delivery*. Nashville: Broadman & Holman, 2007.

Henderson, David W. *Culture Shift: Communicating God's Truth to Our Changing World*. Grand Rapids: Baker, 1998.

K

Kaiser, Walter C., Jr. *Preaching and Teaching from the Old Testament: A Guide for the Church*. Grand Rapids: Baker, 2003. [Edição brasileira: *Pregando e Ensinando a partir do Antigo Testamento: Um Guia para a Igreja* (Rio de Janeiro: CPAD, 2007).]

Kaiser, Walter C., Jr. *Towardan Exegetical Theology: Biblical Exegesis for Preaching and Teaching*. Grand Rapids: Baker, 1981.

L

Larsen, David L. *The Anatomy of Preaching: Identifying the Issues in Preaching Today*. Grand Rapids: Baker, 1989. [Edição brasileira: *Anatomia da Pregação* (São Paulo: Vida, 2005).]

Lawson, Steve. *Famine in the Land: A Passionate Call for Expository Preaching*. Chicago: Moody, 2003.

Lewis, C. S. conforme citado por Piper, John, *Brothers We Are Not Professionals: A Plea for Pastors for Radical Ministry*. Nashville: Broadman & Holman, 2002. [Edição brasileira: *Irmãos, Nós Não Somos Profissionais: Um Apelo aos Pastores para Ter um Ministério Radical* (São Paulo: Vida Nova, 2009).]

Lloyd-Jones, D. Martyn. *Preaching and Preachers*. Grand Rapids: Zondervan, 1971. [Edição brasileira: *Pregação e Pregadores* (São José dos Campos: Fiel, 1976).]

M

MacArthur, John, Jr. et al. *Rediscovering Expository Preaching: Balancing the Science and Art of Biblical Exposition*. Dallas: Word, 1992.

MacArthur, John. Em entrevista ao autor, Nashville, Tennessee, 6 de fevereiro de 2009.

Mahaney, C.J. Em comunicação por e-mail com o autor, 4 de agosto de 2009.

Martin, A.N. *What's Wrong with Preaching Today?* Carlisle, Pennsylvania: Banner of Truth, 1967. [Edição brasileira: *O que Há de Errado com a Pregação de Hoje?* (São José dos Campos: Fiel, 1978).]

Mohler, R. Albert, Jr. *He Is Not Silent: Preaching in a Postmodern World*. Chicago: Moody, 2008. [Edição brasileira: *Deus Não Está em Silêncio: Pregando em um Mundo Pós-moderno* (São José dos Campos: Fiel, 2011).]

P

Paggit, Doug. *Preaching Re-imagined: The Role of the Sermon in Communities of Faith*. Grand Rapids: Zondervan, 2005.

Parker, T.H.L. *Calvin's Preaching*. Edinburgh: T & T Clark, 1992.

Piper, John. "30Years Ago Today: How God Called John Piper to Become a Pastor", The Gospel Coalition, http://www.thegospelcoalition.org/blogs/justintaylor/2009/10/14/30-years-ago-today-how-god-called-john-piper-to-become-a-pastor. Acessado em fevereiro de 2010.

Piper, John. *Counted Righteous in Christ: Should We Abandon the Imputation of Christ's Righteousness?* Wheaton: Crossway, 2002. [Edição brasileira: *Justificados em Cristo: Devemos Abandonar a Imputação da Justiça de Cristo?* (Niteroi: Tempo de Colheita, 2011).]

Piper, John. *Don't Waste Your Life*. Wheaton: Crossway, 2003.

Piper, John. Em entrevista ao autor, 26 de janeiro de 2010.

Piper, John. *God's Passion for His Glory: Living the Vision of Jonathan Edwards*. Wheaton: Crossway, 1998. [Edição brasileira: A *Paixão de Deus por Sua Glória* (São Paulo: Cultura Cristã, 2008).]

Piper, John. *God is the Gospel: Meditations on God's Love as the Gift of Himself*. Wheaton: Crossway, 2005. [Edição brasileira: *Deus é o Evangelho* (São José dos Campos: Fiel, 2011).]

Piper, John. "John Piper on New Word Alive and Spring Harvest", Adrian Warnock, http://www.adrianwarnock.com/2008/05/video-john-piper-interview-on-new-word. Acessado em maio de 2009.

Piper, John. *The Passion of Jesus Christ* (Wheaton: Crossway, 2004). [Edição brasileira: A *Paixão de Cristo* (São Paulo: Cultura Cristã, 2006).]

Piper, John. *The Supremacy of God in Preaching*. Grand Rapids: Baker, 1990. [Edição brasileira: *Supremacia de Deus na Pregação: Teologia, Estratégia e Espiritualidade do Ministério de Púlpito* (São Paulo: Vida Nova, 2003).]

Piper, John. "What I Mean by Preaching", Desiring God Ministries, http://www.desiringgod.org/Blog/1792_What_I_Mean_by_Preaching. Acessado em fevereiro de 2009.

R

Reid, Robert Stephen. *The Four Voices of Preaching: Connecting Purpose and Identity Behind the Pulpit*. Grand Rapids: Brazos Press, 2006.

Renewing the Mind Ministries. "Ministry Purpose", One Place Ministries, http://www.oneplace.com/Ministries/Renewing_Your_Mind. Acessado em maio de 2009.

Robinson, Haddon W. *Biblical Preaching: The Development and Delivery of Expository Messages*. Grand Rapids: Baker, 1980. [Edição brasileira: *Pregação Bíblica: O Desenvolvimento e a Entrega de Sermões Expositivos* (São Paulo: Shedd Publicações, 2008).]

Ryle, John Charles. *The Christian Leaders of the Last Century: Or England a Hundred Years Ago*. Moscow, Idaho: Charles Nolan, 2002.

S

Smith, Robert Jr. *Doctrine that Dances: Bringing Doctrinal Preaching and Teaching to Life*. Nashville: Broadman & Holman, 2008.

Smith, Steve. *Dying to Preach: Embracing the Cross and the Pulpit*. Grand Rapids: Kregel, 2009.

Sproul, R.C. Em entrevista ao autor, 12 de maio de 2009.

Sproul, R. C. *Chosen by God*. Wheaton: Tyndale, 1986. [Edição brasileira: *Eleitos de Deus* (São Paulo: Cultura Cristã, 2002), p. 21).]

Spurgeon, Charles Haddon conforme citado por Boice, James Montgomery, *Foundations of the Christian Faith: A Comprehensive and Readable Guide*, Revised in One Volume. Downers Grove: IVP, 1986. [Edição brasileira: *Fundamentos da Fé Cristã: Um Manual de Teologia ao Alcance de Todos* (São Paulo: Central Gospel, 2010).]

Spurgeon, Charles Haddon. *Lectures to My Students*, Complete and Unabridged. Grand Rapids: Zondervan, 1954. [Edição brasileira: *Lições aos Meus Alunos*, 3 Vols. (São Paulo: PES, 1992).]

Stott, John R. W. *Between Two Worlds: The Art of Preaching in the Twentieth Century*. Grand Rapids: Eerdmans, 1982.

Swindoll, Chuck. Carta ao autor, 28 de maio de 2009.

T

Tozer, A.W. *The Knowledge of the Holy*. San Francisco: Harper Collins, 1961.

V

Vanhoozer, Kevin J. *Is There Meaning In This Text?: The Bible, the Reader, and the Morality of Literary Knowledge*. Grand Rapids: Zondervan, 1998. [Edição brasileira: *Há um Significado Neste Texto?* (São Paulo: Vida, 2010).]

W

White, James Emory. *A Mind for God*. Downers Grove: IVP, 2006.

Z

Zuck, Roy B. *Basic Bible Interpretation: A Practical Guide to Discovering Biblical Truth*. Colorado Springs: Victor, 1991. [Edição brasileira: *A Interpretação Bíblica: Meios de Descobrir a Verdade Bíblica* (São Paulo: Vida Nova, 1994).]

... CONTINUAÇÃO DOS ENDOSSOS A *PREGOS BEM FIXADOS*

HOJE EM DIA, as boas pregações estão passando por tempos difíceis. Este livro é de leitura obrigatória para leigos que procuram entender o que torna um pastor um comunicador eficaz da verdade da Palavra de Deus. Byron atinge o objetivo a que se propôs e atinge com amor, clareza e humor.

– ROB IVERSON

Diretor Executivo de Ministérios, Community Bible Church, Nashville, Tennessee
Vice-presidente Sênior, Cadeia de Abastecimentos, Nestlé, Estados Unidos
Formado, University of Wisconsin
www.cbcnashville.org

PREGOS BEM FIXADOS é um tesouro de conselhos práticos sobre como comunicar as verdades poderosas da Palavra de Deus. Escrito por um praticante, você encontra no livro conselhos essenciais sobre a busca de seu estilo na pregação. Você se sentirá como se estivesse sentado à mesa com pregadores e teólogos veteranos, como John F. MacArthur, R.C. Sproul e John Piper. Este livro é de leitura obrigatória para quem deseja comunicar eficazmente a Palavra de Deus às pessoas.

– Dr. RICK HIGGINS

Decano Associado, Desenvolvimento de Habilidades Ministeriais, Columbia International University, Columbia, Carolina do Sul

UM BOM SEMINÁRIO tem e ensina bom conteúdo, mas tem de haver mais para alcançar o ouvinte. O irmão Yawn atinge o alvo com este livro imprescindível para o corpo de Cristo. Escreve com a mesmo amor que, tenho certeza, prega. Todos temos de encontrar o que o Senhor nos tem dado em nossa própria mistura de talentos e aprender a aplicá-los. Imitar as pessoas ou colocar a armadura de Saul não cumpre a vontade do Senhor para a nossa vida. O irmão Yawn usa três dos meus pregadores prediletos para focar o assunto. Não devemos pregar só com a mente, mas também com o coração. Espero que todos os pregadores e crentes que querem servir ao Senhor de sua maneira original em prol do Reino leiam e apliquem os ensinamentos constantes neste livro.

– Dr. JOHN HEY, MD

Ancião-professor, Grace Bible Church, Greenwood, Mississippi
Formado, Mississippi College e Mississippi Medical School
Fundador, Greenwood Christian School
www.gracebiblechurch-greenwood.org

LENDO A EXPOSIÇÃO de Byron, fui levado de volta ao dia em que me formei no seminário, quando a ênfase do discurso de formatura, feito pelo Dr. Stephen Olford foi: "Prega a Palavra, prega a Palavra, prega a Palavra!" Isso é tudo o que, de fato, temos a oferecer aos que estão perdidos e feridos. *Pregos Bem Fixados* lembra o leitor, novo ou veterano no ministério, que a exposição sem expressão pode cair em ouvidos surdos. Entrevistando três dos líderes espirituais da atualidade, o pastor Byron fornece dicas úteis para manter toda mensagem biblicamente precisa, viçosa e relevante para o ouvinte de hoje. Se você tem se sentido estoico em sua pregação, a aplicação dos princípios descritos em *Pregos Bem Fixados* trará nova vida e poder à sua apresentação. Recomendo o livro a todos que oram pelo sucesso de alcançar as pessoas.

– CAPELÃO KEN ODOM, M.A.M.F.C.

Good News Jail & Prison Ministry, Canyon City, Colorado
www.goodnewsjail.org

PROVAVELMENTE, O MAIOR VALOR DESTE LIVRO seja que ele o orienta ao longo do caminho para a autodescoberta, para que você venha se tornar no comunicador que Deus o criou para você ser e não alguém que seus professores desejaram que você fosse. Gostaria de ter lido este livro nos dias em que eu fazia seminário!

– DR. ROBERT ISRAEL, S.T.D.

Greenville, Carolina do Norte
Formado, Philadelphia College of Bible, Talbot Theological Seminary e Bethany Theological Seminary
glenhavenminutes.blogspot.com

BYRON YAWN É MEU PASTOR, MEU PATRÃO, MEU AMIGO. E por "amigo" quero dizer mais do que amigo. Quero dizer o tipo de amigo a quem você pode dizer a verdade mais difícil, aquela que você nem mesmo consegue dizer para si mesmo, a não ser com a graça e a compreensão de alguém que lutou as mesmas batalhas. Dito isto, *Pregos Bem Fixados* é o coração de um amigo que partilha o coração para ver você crescer. Este livro não é apenas sobre pregação... é sobre a vida. O conceito de descobrir seu estilo diz respeito a confrontar os ídolos diante dos quais nos curvamos em substituição a Cristo. O coração de Byron é ver sua audiência libertada da escravidão de tentar agradar todo mundo, para que, assim, sejam livres para proclamar a única mensagem que realmente importa: o evangelho de Jesus Cristo.

– DANNY WOODS

Pastor da Família e das Crianças, Community Bible Church, Nashville, Tennessee

Formado, The Master's College

www.cbcnashville.org

OS PREGADORES VIVEM EM MEIO A UMA PRESSÃO IMPLACÁVEL. Por um lado, há o desejo de sermos mordomos fiéis dos dons e da chamada de Deus e, por outro, há a percepção de que somos fracos, pecadores e bastante discretos. Como lidar com isso? Largamos mão de tudo? Nos entregamos ao desespero? Imitamos um pregador que seja bem-sucedido? Byron Yawn percebeu, analisou e está tratando dessa questão. Na qualidade de pastor fiel, ele também quer nos ajudar com essa questão. Este livro é tão refrescante quanto atraente e útil.

– ERIK RAYMOND

Pastor de Pregação, Omaha Bible Church South Campus, Omaha, Nebrasca

blogger-Irishcalvinist.com

O EFEITO PESSOAL DE ESCREVER *Pregos bem Fixados: O Poder de Descobrir o seu Estilo na Pregação* tem causado um impacto monumental na congregação de Byron. Temos sido abençoados, estimulados e dilatados a um maior amor por Deus e a uma mais ampla devoção a Cristo, à medida que víamos a fé do nosso pastor aprofundar-se enquanto escrevia esta obra inestimável. É a oração de Byron e a nossa esperança que as congregações locais dentro do corpo de Cristo sejam desafiadas como nós temos sido.

– GUY HASKINS

Presidente dos Anciãos, Community Bible Church, Nashville, Tennessee
www.cbcnashville.org